游欧猎奇印象

张若谷　著

中国文史出版社

图书在版编目（CIP）数据

游欧猎奇印象 / 张若谷著 . —北京：中国文史出
版社，2019.12

（名家游记汇）

ISBN 978-7-5205-1890-1

Ⅰ.①游… Ⅱ.①张… Ⅲ.①游记—作品集—中国—
近代 Ⅳ.① I265.2

中国版本图书馆 CIP 数据核字（2019）第 297164 号

责任编辑：孙　裕
装帧设计：蒲　钧

出版发行：**中国文史出版社**

社　　址：北京市海淀区西八里庄 69 号院　邮编：100142
电　　话：010-81136606　81136602　81136603（发行部）
传　　真：010-81136655
印　　装：北京地大彩印有限公司
经　　销：全国新华书店
开　　本：787×1092　　1/16
印　　张：10.5
字　　数：130 千字
版　　次：2020 年 7 月北京第 1 版
印　　次：2020 年 7 月第 1 次印刷
定　　价：36.00 元

目 录

猎奇开篇

游园会中一席话

　　一九三三年的秋季某月日，在上海某国 S 爵士的私人花园里。有一个国际性的艺术团体，在那里举行了一次盛大的游园茶舞会，为欢迎一位刚从欧罗巴大陆倦游回来的中国艺术家。我以新闻记者的资格，先得该国际艺术团体主持人 F 夫人的请柬，下午到场参加盛会。这一天的 S 爵士园，变成了一个雏形的国际联盟会，差不多世界上所有的一切民族都有代表在那里，而且都是上海很有名望的人物。主持人 F 夫人，老是包着印度王妃式的头巾，她的出身很神秘，没有人能确定她原来的国籍。她喜欢和各国的文人艺术家交际，说得一口极流畅的英国话、法国话和其他国家的语言。因为她待人接物时，总是那么的温和，那么的殷勤，所以从来没有一个人会对她发生恶意的猜疑。她是上海洋人与所谓高等华人社交界里的一位很富于魅诱力的中性人物。

　　这一天到会的中外绅士和太太小姐们为数在五百人左右。其中引人特别注目的人物，除了号称东亚第一富豪的 S 爵士外，有某联邦政府驻华大使诺夫斯基，美国《礼拜六晚报》的特派远东记者，好莱坞幽默编剧家麦克麦克，美国歌剧作家美丽美丽小姐，法国探险家和平夫人，不知真姓名的国际侦探员，各国新闻记者，以及大英人、罗宋人、捷克人、埃及人、突厥人、日耳曼人、法兰西人、花旗人、吕宋人、东洋人、葡萄牙人、西班牙人、比利时人、婆汉迷（波希米）人、意大利人、阿比西尼人，在这一个人群中兜一个圈子，真有些像周游一次世界一样。

在我的座旁，有一个留着阿杜夫孟郁式须的法兰西人，正和一个蓄着卓别林式小须的东洋人在那里高谈阔论。真是一件奇迹，他们二人居然都在讲上海话！口音虽则很刺耳，可是终究还算是洋泾浜式的上海话。

"哈哈！"法兰西人带着讽刺的态度说，"上海真是一个无恶不作，无奇不有一个坏来些的地方，中国婊子，东洋堂子，真正好白相来……"

"不过，"东洋人红着脸答道，"终没有巴黎来得好白相。上海也有法国堂子好玩，铜钿贵来些，只有美国人喜欢去玩，江西路苏州河边的法国姑娘，个个冒充是花旗人，她们也很欢迎东洋人去玩，她们都当我们是中国人……"

两个人旁若无人，谈得津津有味。我暗下一想，这两个年上半百的所谓高等洋人，一定都是坏蛋。而且我也猜出他们这一天到会时所抱的目的。他们两人愈谈愈投机，法国人眯着一双色眯眯的眼睛，对日本人说：

"侬看见哦，此地个中国女人和俄罗斯女人，都可以叫到客栈里去，叫到跳舞场去的，只要你有钱，她们都会把我们认作是心肝宝贝，哈哈，上海地方真正好白相……"

那时候，我听见这两个不良中年人的一派胡说，实在忍不住了。便插口打断他们的话头：

"你们两位，都不认识上海吓！"

蓄阿杜夫孟郁式小髭的法国人，很傲慢地回答：

"我在上海已经住上三年了。"

"我也住了五年了。"日本人也表示不服的样子。

我听了他们这样的答话，更觉得非常的不快，于是老实不客气，便把他们教训一顿：

"呀！原来你们都是'老上海'。不过，我还是要说，你们即使再多住几十年下去，你们根本还是不能认识上海的真面目。要知道你们所看见的花花世界的上海，你们所过的放荡生活，只是你们少数人的一种享乐。你们还没有看过另一方面的上海哩。上海不只是一个寻快乐的城市，他是三百五十万市民们奋斗谋衣食生活的一个劳动大工厂，每天当你们还没有起身的时候，不知道有多少的工人、学徒、职员、商人、雇员，大家都涌向工厂、银行、商店，作坊里去……"

"那只是少数人吓！"

"不，那是大众阶级。他们都是真正的上海小市民。至于夜夜花天酒地，征逐女色，过着歌舞放荡生活者，是你们外国人和极少数不务正业的上海哥儿小姐们。你们都是有闲阶级的享乐主义者。至于真正的上海人，你们是永远不会和他接近的。因为他们从不出入你们的交际场所，他们休息睡觉时，你们正在舞场中寻欢，他们做工作时，你们正做着甜蜜的好梦。"

法国人露出狡猾的微笑，提出质问道：

"那么，贵国的同胞，他们每夜在四马路一带的旅馆妓院里干什么呢？"

"不错，在上海租界里，有不少藏垢的场所，我决不抵赖。但是请问在朱葆三路一带的半夜舞场中，在虹口的东洋娼馆中，有多少的外国人在那里过着野兽般的性生活。而且，在世界各大城市中，如巴黎、伦敦、纽约、东京，我想都有这种现象的吧？"

"不过，"那个来自东京的不良日本中年人抢着答道，"我们的日本警视厅是非常严厉地取缔一切败坏风化的机关。在东京，我没有见过人兽戏、活春画、咸水妹……，到了上海以后，我才身历其境。"

"可惜你还没有到过巴黎，否则你看了那些更大规模，更变态的种种把戏，不知要作怎样的感想。要知道上海租界中的一切放荡的玩意儿，都是从外国输入来的。信不信由你们，可是我将来终有一天给你们提供详细的报告。"

在这次令人不快的一席话分散后。不久，我便上了欧洲的旅途。

在这里所发表的，都是我在旅行欧洲各国都会时亲眼看见所搜集的材料。顺便我要给一般侨居上海的外侨下一个警告：友邦的人士们，当你们发见了邻人眼帘中柴草末屑时，请你们自己先检查一次，在你们的眼网中是否藏有引火性的炸药？

读者诸君，你们要知道世界上哪一个城市是最大的人间罪窟吗？我可以给诸位保证，绝不是上海！

放浪海外的欲望

　　我是一个靠笔杆过日子的清寒文人。这回到欧洲游历的动机，并不和谁赌什么东道；也并不负有什么特殊的任务，只是想满足十年来梦想着的放浪海外的欲望罢了。

　　我的放浪欲望，范围是狭小的，无非打算抽出一年或两年的空闲，做一个行踪不定的旅人。旅行家的欲望，是企求新奇，是冒险探异。总之一句，是要多知道一些见所未见闻所未闻的东西而已。

　　一个常住在青山里的人，不会知道青山的可爱。同样地，一个中国人暂时远离祖国，他会更感觉到中国的可爱。虽则在国内时，他觉得没有可以使他流连低回的地方；可是等到跨出国境，思慕乡土的感情，不禁油然发生。离去祖国愈远，爱慕祖国的情绪愈强，愈觉得祖国的可爱了。

　　而且，身为异乡孤客，观光西方各邦，见闻虽广，感想也多。看到大都会中市政建设的美观，便要慨叹中国市镇的简陋污秽；看到彼邦实业的改良发达和商战的激烈竞争，不免又要感叹中国工业的幼稚及商人的守旧；再看到列强积极扩充国防军备，自然又要忧虑到我们国家……左思右想，想到事事落在人后的中国前途，不由人不受到深刻的刺激，而思奋起，追踪他人的后尘。

不差，游山玩水，是人类共通的一种天性。不过，在二十世纪的今日，是所谓"率人相食"的世界。非得努力竞争，非得熟悉敌国或友邦的内部情况，非得借他人之长来补自己的短，非得有国际的观察目光，否则恐难在此世界，得一生存地位！在今日，周游世界者所肩负的使命，是多么重大吓！决不能再学从前文人骚客们悠闲地徜徉乎山水之间了。

我这一次出游，除了略赏一二山水名胜之外，主要的部分还是在考察各地各国的文物制度、风俗人情，尤其留意海外华侨及西方民族的生活状态。所以沿途写下一些游记，似乎尚有相当的价值。

做了两年自由人

我于民国二十二年五月十二日离开上海，二十三年十二月二十一日仍旧回到上海。在这过去的二十个月中，我远走高飞到欧罗巴洲，做了近两年的自由人，过着流浪的生活。

我是一个生长在上海的道地城里人，有生三十年，除了京沪、沪杭两条铁道可达的城市外，从来没有做过一次长途的旅行。因此，朋友中有人称我是一个"母亲的儿子"。

其实，我自己承认：我是一个爱好新奇、富于冒险精神、企慕异方情调的青年。旅行是满足青年时期放浪欲望最好的方法。因为在旅途中，可以随时随地发现新奇的人物和异样的景象。不仅可以长进许多见识，还可以多知道做人与做事的经验。

无论是谁，他一走上旅途，便可以排去身边的琐事，摆脱一切社会和家庭的束缚，暂时卸去重压的责任及负担。从极委曲极单调的生活里，翻身跳出那个狭窄的圈子，过一个相当时期的自由与独立生活。我不做他人的奴隶，他人也不做我的奴隶，我是"自我"的主人，我是绝对的一个自由人。

一个在城市中某一个固定圈子里生活得长久的人，天天过着人为与机械的生活，一定要感到疲倦与枯燥。与其天天在社交界里，作无谓的酬酢，三日一小宴，十日一大宴，倒不如溜到一个荒僻的乡村中独人小酌来得有味；与其起居有时，暮睡晨起，过着极机械的规律生活，有时倒不如在公园或舟车的一角，假寐片刻来得逍遥。在旅行中的生活，似乎是很放弛，很疏懒，很浪漫；但是，一个人能够从百忙中抽出一点闲工夫来，把精神自由解放一下，不受物质的支配，像一只小鸟飞出牢笼一样，过自然的生活，这岂非是一个很甘美的人生吗？

在人世间，唯有走在旅途上的单身孤客，他才是一个真正的自由人。人世的一切富贵、功名、权利、义务，在他看来简直是等于锁在箱笼中的一件破旧衣裳。他是一丝不挂、无牵无累地在大自然中向前奔走。他像树林中的一只小鸟，逍遥自在地从枝头跳来跳去。又像一头初出山谷的乳豹，罔顾利害地落荒而走。一个人能够过着这样自由的生活，他的身体上一定常会生出新的细胞来的。

这不是纸上说空话，我自己便这样生活过来的。

海外印象

再会上海

别离时的酸楚味 人是多么痴情吓

中华民国二十二年五九国耻纪念日后第二天下午，黄浦滩江海关大自鸣钟指着五点的时候，海关码头前驶来了一部云飞公司的汽车。从福特车里，跳下了一个穿灰色法兰绒西装的青年，左右手各携一只行李箱，衣袋里一支康克令万年笔，背上一架"禄来福来"照相机，行色匆匆地走上渡轮。这正是记者离别上海时的一张速写。

这一天，江水似乎特别澄清。站在渡艇甲板上，受着初夏和风的吹拂，头脑顿时觉得一清，把三天内筹备出国的种种疲劳都忘怀卸去了。不过，从没有做过长途旅行的我，眼见得便要别离我的年逾半百的慈母和许多朋友们，不免便发生出黯然的心情。

黄浦江中的风景，已引不起我的注意。我是像一个梦游病者，机械地登了"万德伯爵"特快邮船。找到舱位后，陪着母亲亲友们到各处参观了一次。大家都好像没有多大的兴致，去浏览那些布置富丽的厅室，心中都怀抱着不同的情绪，口头说着各种不同调的别词。等到汽笛怒吼了最后一次的逐客令，送行的人都下渡艇去了。

一个人倚在船舷上，眼送慈母和朋友们都走下吊桥去。在憧憧人影中，依稀辨得出母亲和费志仁女士的玄色衣影，还见傅彦长、朱应鹏、钱九威、饶谷公、姚志崇、伍奂冰、叶秋原，周大融诸君舞着帽儿，挥着手帕。吊桥一起，渡艇驶回上海去了。黄震遐君高擎着联幅的大手帕，成了最后消逝的送行标记。

我的爱人费女士，后来写信给我，把当初别离时的心情，流露在一张蔷薇色的信笺上。记得其中有这样的一段：

"当我凝视着你在船舱里的时候，心坎中就锁着轻淡的忧愁，我熬忍着眼泪，和你母亲，作毫无秩序的谈话。

"汽笛呜呜一响，把我俩的谈话中断了。在人声嘈杂中，我禁不住流下了几颗眼泪。你的母亲，和我默默相对，她在暗泣吗？

"渡艇慢慢地向上海前进。许多送客都向船舱里躲钻。只剩下一个孤独的我，还留在岑寂的甲板上，眺望江上万千盏的灯花，有些像是含着眼泪的大眼睛，有些像是雾海中的远滩渔火，有些——只有一朵——像是一颗赤心，我凝视着这一朵灯花，暗祝你的一路平安。

"又想到你明天便要远离上海了，要隔几月或几年，我们才再能相会呢？想到这里，心儿就涨溢起来，好像要涨破开来一样。

"回到家里，我又后悔起来，为什么我俩就默默无言地分别了呢？可是后悔有什么用呢？我又不能再上船来同你谈话了。……"

这样酸楚的感情，在出远门的旅客和送行者之间，是普遍地极容易激发的。人类都是感情的动物，中外古今是同样的。我尝过了这初次别离的酸楚后，我是不愿意送别人的行，更也不愿别人来送我。可是，感情涌起的时候，谁能制止得住呢？谁肯做出那样不近人情的事呢？人是多么痴情吓！上海，是我的摇篮地，生长地，也是我的情人。我在她怀抱中过了近三十年的生活，我曾共过她的欢乐，她的苦痛，和她的幸福或灾难。如今，我要到海外漂游去了，不得不暂和她告别，心头有说不出的惆怅。

再会！上海。再会！上海的朋友们。

同舟的旅伴

相逢且同乐　何必旧相知

　　曲肱倚在船头的白漆遮栏上，"万德伯爵"的三角形铁嘴，冲过了吴淞口黄色的海水，在那一·二八战役毁灭了的吴淞炮台的废墟里，留下我当随军记者时的踪迹。我曾眼见翁照垣将军率南国五百子弟困守吴淞要塞的悲壮情况。也曾目击那座蜂巢似的围着弹穴的残垒，万绿丛中一点红，飘扬着日本帝国的太阳旗。

　　开船的那一天，清晨六点钟便醒了。我发现了一件颇有趣味的意外小事。原来在我的房舱中，梳妆台上供着一只装满芬芳扑鼻的花篮，同房的一个旅客，认为是属于我的送行礼物，他很客气地轻轻把我推醒。在倦眼蒙眬中，我看见站在我床前的是一个熟面孔，定神细看，啊？原来是巴黎通Z君，他也出乎意外地不禁叫喊起来："啊！老张，怎么？你也到欧洲去吗？"一个星期前，我在南京路上，曾遇着Z君，他欢天喜地告诉我要到法国去的好消息。从上海到巴黎，从巴黎到上海，是他走熟的路，他至少旅行过三次以上。那时，我自己还没有想到会有出国的机缘，所以表示歆羡地说了几句祝贺的话，便分手了。谁料今日，彼此居然会又同船重晤呢。

　　他本来想叫我把那只花篮移开一边，预备刮剃胡子。等到发现了彼此都是熟人，却怪不好意思地兜起圈子来讲话了：

"老兄艳福不浅，多么芳香的鲜花吓！"

"兄弟不敢掠人之美。"

同房的其他两旅客也醒了。一位是留学奥国的李医师，也便是花篮的主人，那是他夫人临别的纪念赠物。李医师留学奥国多年，回国后在上海悬壶有年，这一次，他要到维也纳再去继续实习研究专科，他说，预备二年后再回上海。将来如有机会，还打算陪他夫人共同到欧洲去游历一次哩。另一位也是姓李，是到荷兰去经商的。

这三位同舱旅伴，都是在开船当天的早上登船的，所以隔夕都没有见面。

在同船到意大利去的旅客中，极难找出周游世界的旅伴。不过，在这一次航行中，"万德伯爵"特快邮船上，在三百多人的乘客中，中国同胞却占了五分之一。原来中国天主教所组织的罗马朝圣团教士信友代表等四十余人，也都搭乘此轮同行。

为了职务的关系，我又设法辗转认识了许多旅伴。一位是某意大利商轮的船长 K 君，他是回到本国去养病的；一位是中国驻某国公使馆的秘书 S 君，和他的新夫人，同到巴黎去赴任的。S 夫人操法语极流利，少说中国话，据说她的父亲，是中国驻外的外交官，她的母亲是比利时人，她从小生长在外国，所以身材姿态，完全是西洋少女的典型，不过眼睛和头发，都是黑得像漆一样。

还有两位嫁给中国人的德国太太：一位是 T 夫人，携她的幼女回德省亲的；一位是 H 夫人，她独人住在我的邻房中，也许也是回国省亲的吧。

小小世界

从人世矛盾的现象　去追寻人类的心声

在甲板上晒太阳，把皮肤晒得发黑，每天洗了日光浴后，再到浴室中去洗冷水浴。海水含咸性，皮肤发痛。每天除了三餐一茶点之外，便在甲板上，和旅客们闲话谈天。眼前是一片银涛碧波，风声浪音，混着机器嘈声，像是一首有节奏的乐曲。不论男女老少，不分东西国籍，只要言语相通，谈话起来，个个谈得都很投机。人人脸上都含笑容，快乐的心情，都很自然地在谈吐举止上流露出来。

夜餐后，旅客们都到船头吸烟室里去喝咖啡。各式各样不同国族的旅行者，厮混在一间小小的暖室里，说笑闲谈。德国人拼命地叫侍者送上麦酒独酌，英国人四人一桌，玩着纸牌；意大利人，一面喝酒，一面引吭高歌；法国人逗引女人发笑；形形色色，煞是好看。记者个人，含了一支淡菇巴烟斗，手执游记一卷，冷眼做一个壁上观者。

这一个围绕在我四周的小小世界，正是我要巡行大千世界的一个缩影图！我正对着这小小世界，出神地幻想。

回顾我们的强邻日本，自从维新以来，这些岛民，不是意气扬扬自夸自豪吗？他们在政治上，抄袭了西洋的制度，在经济上，模仿了美国的托拉斯（企业同盟）组织；可是他们究竟改变了贪婪好战的气质没有？他们是否仍做着征服中国的梦想？还有那一万万七千万的苏俄人民，他们是否已经从严酷的铁一般的信条进化为一种适用的制度？他们对于人口过剩的国家侵犯他的领土时，有了怎样的准备？这一切疑问，也是记者所亟待解决的吓！

那在大西洋一岸的美洲合众国，自从厉行经济复兴政策以来，人民的生活，得到了幸福的保障没有？在黄金国土里，已经建筑了什么文化的基础？一看到这人世间种种矛盾的现象，不由人不悲观起来。在记者个人，不过是茫茫人海中的一个见证人罢了。我所有的只有一双眼睛两只耳朵和一支秃笔，我愿竭我的绵力，把这一次旅行中所见所闻的，记录下来。在我执笔时，我是抱着一个简单纯粹的信心。

在今日的世界，虽则到处到地的人类，都受着种种的威胁，人心都是惶恐不安，可是我信仰终有一个固定不变的真理的存在。这个公正的真理，决不会给虚荣、野心、骄横或强暴所能淘汰的。关于这真理的认识和估价，却在我们人类的自身。因为世上只有人类，他会施爱，他会怀恨，他会享乐，同时也会受苦。在全人类的生命定律中，有一种原始的力量，它可以铲除一切骄傲的疯狂行为。

我写这一部游记，完全是抱着入国问俗的态度，而想探求一种真理。我的对象，不仅是自然界的一般现象，而是人类全体的各个代表的典型。我要让他们自由发表意见，无论他们是属于东方的弱小民族，或西方的强国，我只想设法去了解他们的心理，去研究他们的文物制度。我更欲尽我能力所能及者，深入他们内心的生活，从他们内心中，描出一个忠实的回音。我把自己当作一架照相机或是一架播音机，我只是播送人世的真面目和人类的心声！我力避私人的成见，决不下任何的判断。抱着这样的态度。若使我有错误的地方，至少，不会犯着极大错误的吧？

芬芳的马尼拉

西班牙亚细亚的结晶　烟草咖啡的清鲜香味

在晨曦中，吕宋岛已从海洋中发射出螺钿般的光泽。支离灭裂若鸡冠般的岛屿，深渊的海湾，那一带给茂盛植物环绕着的禁地，使人幻想到侏儒的黑人和他们使用的毒矢飞箭。吕宋具着渺茫海洋火山岛的壮丽景象和蛮荒的野色。

一千万至一千二百万左右的混血种的菲律宾人，沉浸在神秘的马来族和印度族的氛围气中，同时和亚洲民族，结合成一气，是不可思议的复杂性的民族。

从香港来了一个菲律宾女人，陪了她的丈夫，一个中国的商人，回到马尼拉去。我们从她鼻子上，可以看出是一个菲律宾的女性，因为她的鼻子，短而微塌，略似鹰爪，又似猿鼻，是最明显的一个特征。至于肌肉和姿态，却似西班牙女人；眼皮则似中国女人；肤作咖啡色，酷似巴西及爪哇女人；是一个十足典型的混血女性。

在海关前，在许多白色衣服及咖啡肌肤的人群中，只要鉴别那特殊的鼻子，便可以认识菲律宾的人民。

混在咖啡色的人群中，仿佛可以嗅到一般浓郁芬芳的咖啡香味！

马尼拉，是一个可爱的城市！混着西班牙和亚细亚的香味，棕色发的少女们，多汁的芒果，清鲜的烟草：那精致的草帽鞭，奢华的美国人不是认为一种奢侈品中最可骄人的装饰品吗？

马尼拉旅馆，一望而知为远东最可爱的施舍。即在三伏大暑天气，门户窗间流通着清鲜的空气，从棕榈及葛草丛荫里透过热带的和风，一座西班牙古式的建筑，虽则是古旧的屋子，却是有船舶的情调。

在温柔的卧室中，不用电扇，因为门户窗间都悬有珠帘，那些贝壳和金属小片，随着清风飘动，发出异常清脆的叮当声音，多么动人的音乐节奏！

赤裸的墙壁，光滑的地板，细毛的纱帐，透明的屏板和广大的屏风，可以打开门户，安心睡觉。

在这里，不妨一尝殖民地白种人的餐食，有墨西哥式的汤，有印度咖喱，菲律宾芒果，总之，都是热带风味的食品。

清晨，在饭厅中早餐时，可以静听海上的涛音，树叶的吹拂，城市的早声。马蹄，车轮，渔夫的铁叉，船上的锚缆，眼虽不见，耳官却可以异常锐感地一一辨别出来。

一到黄昏，吃夜饭后，饭厅变成了跳舞场。只看见许多萎靡不振的美国人，在人堆里拼命振作起精神来追求他们狩猎的对象。

在上海唯一华丽的"华懋饭店"中，最煞风景的便是那浴室中的不澄清的黄浦江水。可是，马尼拉旅馆中的浴水，比黄浦江水更浊得多。不但发黄，而且简直发红。马尼拉旅馆，终究还是一个商旅出入的行台。虽则它有许多的优点，可是也有不少弥补不了的缺憾。

在华侨欢迎会中

五月十八日，离别上海后的第七天，天气晴朗，海波不兴。上午九时左右，"万德伯爵"特快邮船，驶泊在新加坡的码头。

红毛黑头的"狮子"，已看不见了。在这"狮岛"的码头上，只看见成群的马来土人，头缠头巾，腰束围裙，争先恐后地拥到吊桥底下。其中有秃顶没齿的老人，有健步如飞的少年，手里拿了一张五颜六色的马来"老虎"邮票，或是黑木白牙雕成的"小象"，及其他形形色色的马来土产小玩意儿，拼命向下船登岸的旅客们兜售。

才经过那像碧玉一般的马六甲海峡，展在我眼前的，却是一幅人间世的现实缩影。这许多土人小贩，围集在征服他们祖先的那个侵略者英人莱佛士的铜像底下，用求乞式的可悯神情，向外方旅客，兜售货件，以维持他们的生计。

炎阳把街道晒得像火坑一样，火伞高张，旅客们都戴上从香港新买来的白帽儿，或马尼拉草帽。大家怕热，都想以车代步。可是那停在码头前的十几辆汽车，车前都插上中国国旗和黄白两色的罗马教廷旗，随风招展，那是新加坡的华侨天主教友，特派欢迎中国天主教罗马朝圣代表团的。代表团登车后，浩浩荡荡，风驰电掣般在热闹街市巡行一次。代表们所穿的黑纱马褂和蓝绸长袍，颇引起路上行人们的注目。

罗马朝圣代表团中，有女代表三人，郁夫人、陆女士及翁女士，都截发，穿长旗袍，更引起路人的注意。新加坡天主堂特派华侨女性多名，招待女代表等。她们都是束发为髻，发际插鲜艳花朵长衣长裙，五色灿烂，像是前清代的妇女装束，赤脚穿拖鞋，手臂及腿部戴着金银镯环，鼻翼穿宝石小环，脸部厚涂脂粉，涂抹不匀，黑色愈形显出。

这些女招待员，都已马来化了。她们见了祖国的同胞，却说不来祖国的言语。女代表们也不懂马来语，彼此只是微笑相顾，鞠躬点头。咿咿呀呀，做着哑剧而已。

记者叨光，附随中华朝圣代表团，得参加新加坡华侨筹备的欢迎大会。会场在天主堂附设的华侨学校中，主席某中国教士，致欢迎词。他先用马来语，继用福建话翻译，记者一句都听不懂。后由代表团中杨汝荣主教用广东话答谢词，也不甚了了。

代表团中，有北平益世报社社长张翰如君，对记者说，我们参加的明明是华侨发起的欢迎会，可是因为言语不通，无异是赴一个外国语的演讲会。

幸亏会场中张贴的各种欢迎标语和欢迎词等，都是用中文写的。张翰如君，很高兴地一一抄录下来，预备寄给《益世报》当作记事的材料。

欢迎会散时，已近十一点。有华侨某君，穿白帆布中山装，很殷勤地招待记者，雇了一辆汽车，领导记者去游览新加坡的风土景物。

记者对于这次华侨欢迎会所得唯一的印象是等于参加了一个中国马来合作的时装展览会。

"狮岛"的交通

男女并肩同乘人力车　马来铁路可直达暹罗

新加坡的街道,广阔而又整洁,道旁都有深沟低洼,为泄水及扫除垃圾的用。两旁植树,多高数丈的椰子树。

交通代步的利器,有汽车、电车、马车、人力车、牛车及火车。

人力车高而且大,作元宝形。分单人座和双人座两种。双人座车身大如马车,可以二人并坐。在新加坡,男女并肩携手,合坐人力车,是极寻常的事件,美国影片《蝴蝶夫人》中,海军少佐潘克登夫妇在日本同坐人力车的一幕,不是曾经引起上海电影评论界一度的争执吗?其实,男女二人并坐东洋车,和并坐马车汽车有什么分别,又何必少见多怪引为奇事呢?

装载货物的,多用重笨异常的牛车,往往用牛两头并拖。但是牛性似乎颇机警,它们都善于避让汽车和电车。这几种不很和谐的车辆,混在一条街道上驶走的时候,却可以象征着两种不同的时代精神:近代轻快的交通利器,直有取代旧式笨重牛车而驾上的趋势。同样地,二十世纪的物质文明,早已征服了殖民地的原始文化。牛车和人力车式的文明,早晚要变成为被淘汰的东西。

新加坡的交通事业日形发达。在马来半岛境内，马路四通八达，虽交通不便的僻区，也有马车可以通行。和中国内地比较起来，不啻有霄壤的区别。

马来联邦的铁路，在新加坡交通上占据极重要的地位。铁路总局设吉隆坡，有支线十三。从新加坡起点，经柔佛、马六甲、芙蓉、吉隆坡、大霹雳（即怡保）、小霹雳（即太平），直达暹罗首都的曼谷为终点，长约七百英里。

吉隆坡的车站，附设车站旅馆，建筑宏伟壮丽，据说是亚细亚洲第一个大车站。车费平均头等每英里取一分，二等每英里七厘，三等每英里四厘。行李不取费，如欲注册或寄存物件，则另纳费一角。

若坐双座人力车，平均每一英里取值二角，单人车则减半。

至于汽车，记者是承华侨某君的盛情代付的，所以不得而详知。

马来半岛的土产，是异常的丰富繁多，靠了交通运输的便利，物产的代价都很低廉，而且口味清鲜。记者被邀赴新加坡华侨欢迎会午宴时，尝了许多海味鲜果，都是生平不曾尝过的滋味。种种精巧的名目，更是闻所未闻。如什么鱿鱼吓，淡菜花吓，红毛丹吓，水翁吓，山竹吓，金焦吓，不能一一举状记名。果品中以波罗蜜、甘蔗、橙橘等为最可口。

午宴散后，仍由某君伴乘汽车，巡游各地。先参拜各著名天主堂，其中有圣女小德兰室教堂，建在小山上，完全以玫瑰色大理彩石筑成，宏伟壮丽之至。游新加坡植物园，园中有广道，可通汽车。道旁绿林成荫，遍植各种奇卉异花，时见高寻丈的椰子树上，许多小猴子，猱升上下，见人不惧。在碧茵幽径，偶见松鼠数头，蹿跃跳舞为戏，也不畏避车声。

记者参观各地植物园多次，可是安坐在汽车中游览园景，却是生平以来第一次。而且觉得另有一种特殊的风味。

新加坡军港一瞥

建筑费一千万金镑　另造空军新根据地

英国建筑新加坡军港的计划，是议决于大战后一九二二年，动工于一九二三年。一九二四年，英国劳工政府，曾一度搁起。不久，又继续工作，预算一九三五年可以完工。

要参观这世界瞩目的浩大工程的军港，须从新加坡的南部一直穿过全岛，直达北部。

在蒸烧的雾气中，在残酷的赤道炎阳底下，成千的苦力劳工，其中有印度人、中国人，甚至于日本人，勤劳不辍地在海岸边发掘土地，晒干泥土，砌造三合土，施用着那些巨兽般的起重机，把这水和泥的海港，改造为坚固的堡垒和钢铁的门户。

多么浩大的工程吓！单是用锄铲，已经挖掘了六百多万立方米的泥土；四百万立方米的土堆抛弃到海中去了。一千多吨的水门汀和二十六万立方英尺的花岗石填入海底里去了。为建造这样的一个军港，不知绞尽了多少专门技术家的心血，经过了不可胜数的困难和阻碍。单从工具方面看来，已可以想见工程的浩大！到处敷设有铁路网线，有电力厂，有木场，有起重机，有挖泥机。……

记者问过总工程司："建筑费共要多少数目？"

海外印象

直到目前为止，已经用了英金五百万镑。要完成基础的工作，至少须增至七百万镑。但据我个人预料，全部工程落成，总数当在一千万金镑左右。（合华币一万万五千万元。）

可是展在我眼前的，除了浮动船坞之外，是那古旧的海峡和滚滚的海水而已。一片荒凉的景象，却不见一支军舰的影子。

"军舰停泊在什么地方呢？"我好奇心起，便向总工程司提出这个问题。

"问题便在这里。"他不慌不忙地答道，"俗语说得好，先买了犁，再去买牛未为迟。据新加坡的一般舆论，我想英国方面的报纸也必有同样的意见，大家看见了这样一个空洞的军港，一定要引为惊异的。近八年来，日本不是常借口要增造军舰至百分之八十吗？在英国方面，却反减少了百分之十六。你可知道现在在新加坡有多少的英国军舰？"

"五六艘吧？"

"不，只有一艘。它有一个很适当的名字，叫作'恐怖'号……在新加坡岛的东北方，离海军军港不远，另有英国空军根据地，其重要不亚于军港。"

这空军根据地，是从一九二八年开始建筑的，记者得英国远东空军总司令史密士的特别准许，在这个广大的营盘里详细地参观了一次。

今日新加坡英国空军的军力，共分三队：两队为空中轰炸机，一队为水上飞机。其轰炸机队共有双层机十二架，每机可载炸弹八枚，每翼端四枚，又鱼雷一枚。至于水上飞机的制造更为精巧。各飞机都另备有同式机件，以防遇意外时，仍可以修理使用。

在这空军根据地，现驻有军官六十，军员六百人。建筑工程方面，虽较筑港来得便利迅速得多，但是所耗去的费用，也是可以惊人的。

记者目击那些重量一千七百法国公斤的巨大炸弹，这可怖的钢铸的鲨鱼，使记者憧憬着未来战事的惨象。只消爆炸机稍一倾身，抛下一颗这重量的炸弹，即可以炸毁最大的军舰而有余。无论怎样快速的军舰，逃不了飞机的追逐。空军的战力，远胜于海军战力。不幸那不可避免的太平洋战争爆发时，将在空中争雌雄吗？或是在海上决胜败吗？

史密士总司令指着一张航空地图，对记者叙述他最近在菲律宾作友谊飞行的历程。他一面答着道：

"那是不用怀疑的，将来远东发生事变时，空军行动是占着最重要的势力。美国也早已看到了这一点，你既从菲律宾来，你便应该知道美国是多么重视在菲律宾的空军根据地吓！"

不差，当记者经马尼拉时，曾经参观美国第四团空军队。该部有驱逐机、轰炸机、侦察机各一队，且有鱼雷机多架，设备都很新式。今日都不供给航用，停泊在马尼拉附近，以防意外。

记者乘机，想探问英国远东空军司令，对于日本空军的意见。可是这位沉默丰于经验的军事长官，他不愿发表任何私人的意见。

纸上空谈，是无济于事实的。未来太平洋的战争，终是极倚重于飞机和潜水艇两种新式的利器。

这个睁着一只眼睛睡眠的新加坡狮岛，在未来的太平洋上海空军交战的时候，它是要起来怒吼，和空中的铁鹰、海上的混江龙作一场翻江倒海的恶斗的。

世界第九大商埠

日货倾销新加坡　英贸易一落千丈

　　诸位千万切莫小视这个二百多方里的新加坡小岛。记者在前面已经说过，它是东亚与西欧的一条出入孔道，是东洋与西洋的航运中心，是欧洲与亚洲的贸易枢纽。新加坡，是世界第九个大商埠。

　　莱佛士市场，是新加坡白种人唯一的市场。华人市区，则在河道的南岸，狭隘污暗，建筑物上都熏染着烟与油的色彩。马来、印度和阿拉伯的街衢，到处是各种鲜艳的颜色；桔梗色，赭石色，特别是玫瑰色，都涂绘在穹隆形的门屏上或栏杆上。……只有莱佛士市场的建筑，最为整洁，这些巍峨壮丽的银行，都像新铸银币般发出雪亮的光辉。

　　在纪念新加坡创辟人莱佛士爵士（东印度公司书记出身）的这个市场中，没有其他商店，只看见是银行；其中有英国银行五家，中国银行五家，荷兰银行二家，法国及美国银行各一家。

　　这里是另一座的百拜耳塔！世界七个海滨最善经商的民族，都有他们的经纪人及投机者集在莱佛士市场。证券交易所的经纪人员，多喜欢戴着很显明的本国色彩的标识。孟买的货币兑换商，回教徒，中国小贩，日本浪人，各处漂流的犹太人，老虎国的马来人，象国的暹罗人，宝石国的锡兰人，白种，黄种，黑种，世界上的各种种族，差不多在新加坡都有。

记者向同行一个安南银行的法国职员问道：

"在这市场里做的是什么交易？"

"什么都做。银币吓，金镑吓，卢比吓，丝吓，地产吓，锡吓，树胶吓，棉纱吓，日金吓……"

"日本的棉纱吗？"

"是吓，去年日本贸易的总数，差不多有一万万元左右。"

"英国的棉纱呢？"

"只及日本四分之一。为数不过二千五百万左右，以新加坡货币计算，约合五百万元。"

"日本货是否比英国货便宜？"

"差不多仅及半价……日本近日积极模仿英国货，虽质料不同，但是织品的花纹，却和英国货一般无异。而且那些美术化的图案和色彩，非常迎合主顾的心理，价廉而又物美，英国货的销路，因此受着很大的打击。"

"那么，英国人不设法取缔吗？"

"当然的，英国殖民部已经决定对于新加坡的进口货物；除了英国货以外，都要增加税率，这种新税叫作'苛带'，新加坡当局已经实行征收了。为了这个缘故，本年度的日本进口货，比去年减去了百分之二十八。"

"那么，这'苛带'是专门在日本货上抽取吗？"

"既向日本商人抽取，同时也向新加坡的商人抽取。你可知道哪国的商人反对得最厉害？"

"我不知道。……或许是中国人吧？"

"不，你猜错了，只有中国人不起反对。反对得最厉害的却是英国人。许多做买进卖出的英国投机商人，他们所受的影响最大。你懂得个中理由吗？"

记者初听这话，还有些半疑。后来碰到新加坡最大的英商进出口洋行孟斯斐尔的经理，他亲自对记者说：

"自从新加坡创建以来，它便成了一个自由的商埠。莱佛士爵士当初签订的计划，是把新加坡当作东方西方贸易的航运中心。近百年以来新加坡常进口中国的自然物产，交换西方的人工织品，其中以英国的棉纱织品为大宗。我们的洋行，便是专做这种交易的。现在，你可明了为什么英国商家要反对伦敦方面所定的'苛带'税了。……这种征求外国货物新税的办法，无异便是违背莱佛士爵士开埠的原来宗旨。"

那位经理，说到这里，他踌躇片刻，忽又不打自招道：

"照英国货的现在市价，一般中等的主顾已经是没有买力，而且他们用惯了那便宜好看的日本货，一时不易调换他们的心理了。"

"照足下的主张。不是希望英国取消新税，放弃抵制日货的办法吗？"

"当然啦。我们要保护我们在新加坡英商的利益吓！"

照此看来，英国及欧洲各国在新加坡的贸易势力，已经没有从前那样的发达了。而日本货的倾销势力，却天天膨胀起来。记者在上海香港等处，已经目见各商轮上装满大批的日本货物，像巨浪一般地冲泻到亚洲各大商埠中去。从形式上看去，完全像是英国货或法国货。只有从货价上可以分出真赝来。

日本的实业制造界，对于各国百货，都会仿造。其货价的低廉，无论何国都不能与他相竞。有人预言过，不久日本会把三千法郎（六百元）一辆的汽车，推销到世界的市场。

　　记者才参观了新加坡的空军与海军军港，又重新发现了英日两国在新加坡的商战实况。今日的世界，真是无往而不是战场。

印度洋上

气候剧变宜注意摄生　关于预防船晕的常识

五月十八日傍晚，"万德伯爵"号在新加坡解缆启程，向锡兰岛前进。

海上忽起大风，大雨倾盆，新加坡岛整个浸在雨幕中。

第二天早上，海上起大风，波浪汹涌，海水变作黑色。船身剧烈震荡。从房舱走到餐厅时，在甬道中，在楼梯上，身体摇摇摆摆，轻若腾云驾雾，飘飘欲仙。

甲板上，浪花四溅，旅客们大半都是蛰居在房舱里。吃饭的时候，饭厅中空了十八个位子，这些座位的主人，都像发了急痧一般，头晕眼花，呕吐狼藉，偃卧床上呻吟不敢动弹。

我们已在印度洋上，船身受大洋风浪的袭击，震动得异常厉害，旅客中患船晕的数目，一天增加一天起来。

同船旅伴中，有医师多名。记者询问晕船的原因和预防的方法，答案如下。

船晕初期患者沉静不喜欢多说话，前额疼痛，颜色苍白，出冷汗，腹部有说不出的不快感觉。到了第二期，口唇发紫，眼球充血，心神志忑不安。初出流涎,继乃呕吐,或干呕,或吐出白色黏稠液及胆汁。

船晕的唯一原因,是船身摇动得太厉害,身体各部失了平衡。船身摇动,大致分三种:一为上下的纵摇;二为左右的横摇;三则为纵与横的动摇,其中以纵摇最容易发晕。

照病理方面的诊察,有许多的原因:有些患者,是为了内耳的半规管和淋巴受刺激而起;有些则脑动脉收缩,惹起脑贫血而发恶心及呕吐;有些则由于一时性的内脏转位,有些为了身体突然移动,发生平衡的障碍,神经系统分子受了震动。尤其是富于血质的女性,不惯于船上生活,更容易发生月经异常的疾病。

预防船晕的方法很多,最简易而比较有效的,在航海前几天,先用缓下剂及臭素剂,其法即前二三日服盐类剂,后二日服臭素剂。上船后即宜注意饮食和便通,如饮食不慎,吃了不新鲜的东西,易生疮疖;吃了陈腐的菜蔬,易生坏血病;运动不足,即易发生便秘。

当船舶行经热带时,天气酷热易发日射病,阳光刺激过强,易发结膜炎,尤其在印度洋上,至甲板上时,宜戴有色眼镜,最好是茶色眼镜。又印度洋的气候,变化不定,易感冒或头痛,更宜注意。风浪大时,饭后勿饮咖啡,可免呕吐,以上都是初次航海的旅客们所不可不知的常识。

关于卧室的位置,在定舱位以前,尤宜慎于选择;如向欧洲去的,夏季最好择船的左侧,因为夏季太阳在北回归线光线的刺激较少。但是印度洋的风向,在五月至十月间,多西南风,遇风浪大时,须闭窗,有窒息的忧虞。

船上卧室床位,分内外二列:外列窗向海,通气虽畅,当停泊时,货物上下,添加煤时,却不能开放。内列居中,空气不易畅通。总之卧房的选择，因船而异，最好不要选择太近厕所厨房或贮物室的舱位。

　　以上都是记者自身所得的小小经验，敢公诸初次出洋的读者，作为参考。

"宝窟"锡兰岛 [1]

花果茂盛一片锦绣世界　红宝碧玉眩迷旅客心目

锡兰岛位居印度的南端，浮在广垠的印度洋上。面积六万三千余基罗米突。初属葡萄牙，继属荷兰，清代嘉庆初年（一七九八），隶属英国。

当葡萄牙水手们，初次发现锡兰岛时，称它是一个"奇异的地方"，我国华侨们则称之为"宝藏岛窟"；希腊人称为"红宝石的国土"；阿拉伯人则把锡兰岛的绿荫海滨，比拟他们炎热的海岸，他们认为锡兰是第二个人间天堂，至于欧洲各国的航海家和回教巡礼者，都说没有践踏岛土以前，数十里外，已可闻到和风送来的芬芳香气。

全岛人口，约四百万；其中二百万为新加利人，一百万太摩人（印度人），八千余欧洲人；其余为荷兰混血人，马来人，阿拉伯人及呋陀黑人等等。

锡兰岛的风景，是大足以悦人心目的。

东方热带的草木，在这里应有尽有。到处可以欣赏自然界的伟大；一棵柔嫩的青芽，从土地上滋长起来，长成寻丈的大树，树液像青春之

---

① 即斯里兰卡。

血般流动踊跃，那树枝上累累的果实，至少比中国南国的果实要大上十倍或二十倍。果品中有乌梅，是印度人馔品中不可缺少的东西，它伸着浓叶的树枝，远望有似巨人的长臂；有许多举不出名字的果树，果实烂熟，散落地上，无人收拾。曾几何时，果实发芽，一株果树的四周，即滋生出许多小树，变成了一座丛林。真是不可思议的景色吓！还有那些在森林觅食的巨象，踯躅逡巡，放出悠闲的迟重脚步；猴子们在树枝上蹿跃为戏，旅客们站在白菜树前，惊叹欣赏那躯干长大的菜叶。

锡兰的首府及主要商埠，为哥伦布；锡兰本是世界著名出产宝石珍珠的地方。一般珠宝商人，都集在哥伦布一埠。旅客们登哥伦布时，辄为珠宝商人包围起来，那些五色灿烂的红宝绿玉，耀人眼帘，使人难辨真假。

据当地人说：那兜售珠宝商人所持的物品，百分之九十九都是赝货。因为样式精巧，旅客每易上当，有人出十分之一的代价，譬如商贾索价百金，而卒以十金购得，他沾沾自喜，以为占了绝大的便宜，后来举示识者，估价仅值一个先令而已。这类事件，在哥伦布是司空见惯的。

精明的旅客，可以出一颗宝石的代价，收买珠宝商人身畔所有的假货，以备分送亲友，留为纪念。若使换上一个忠厚老实的主顾，他却会出承盘珠宝商全部财产的资本，只拿到一颗玻璃做成的假水晶。记者奉劝游历锡兰的国人们，尤其是小姐太太们，切莫给那些虚伪的珍珠宝石所诱惑，除非你们真正是识货人，否则宁愿到上海城隍庙里去买假翡翠或假小钻的来得稳当。

锡兰岛，因为地势的关系，也被称为"印度洋上的珍珠"。

五小时在哥伦布①

淌着眼泪吃咖喱鸡　圣牛抢食老鸦扫地

"万德伯爵"号驶进锡兰岛的首府哥伦布，是五月二十二日上午十一时。

正午前十五分钟，记者偕印人松檀生君，同搭渡轮登岸。松檀生是一个职业的运动家，身躯高大，留着上海习见印度巡捕式的胡须。头束白色缠巾，白衣白裤，戴一副金丝边眼镜，服装清洁，面目优秀，从小受英国式的教育，讲得一口极流利的英国话，记者得此君为伴，得着不少关于印度人生活的见识。

我们穿过了几条繁盛的街道，走到印度人的街区去找印度饭馆；在一家两层楼的木层子前，门口和木造阳台上睡着许多赤身印度人，那便是哥伦布有名的印度饭馆了。

一进门，好像走进了一家卖碗碟的商店，店主正蹲踞在粗毡上面等待客人。看见我们进去，他极客气地把我们招待到楼上"雅座"里去。这里所谓"雅座"，和上海的新雅酒店比较起来，正有霄壤之别；一间用粗劣木板隔开的暗房，四壁涂着腥臭的绿漆，中间一只没有漆色的方

---

① 即科伦坡。

海外印象

039

桌，二只长板凳。松檀生吩咐预备二客咖喱鸡饭；吃饭时不用刀叉，他用手指抓饭抓鸡，很有滋味地向肚里送下去。记者不惯这种吃法，要了一副锈痕斑斓的刀叉，开始大吃，馔品的形式虽极难看，可是味道却很可口，比之上海某家专以印度咖喱鸡饭号召主顾的饭店，好上不知几十倍。我们算账，两人吃不到一个卢比，可是记者受不住那咖喱强性的刺激，不知流了多少的眼泪。

饭店门口，等着一个锡兰土人，自告奋勇，要做我们的向导。我们便毫无目的地跟着他满街乱跑。

在哥伦布塞满行人的街道上，最使记者触目的东西，是牛和老鸦，这两种名贵的动物。

我所说的牛，并不是指称那些拖着货车的牛；而是在街道上东游西荡的闲牛，这是印度庙里公养的圣牛吓！

在印度人看来，牛是一种圣洁的动物：牛是食物和生活的来源。榨取牛奶，是一件神圣的职务，只有僧侣可以充任。在庙宇中公养的牛，都是圣牛。牛乳房视为圣洁之地，不许女人进去。犯了罪恶的人，须用圣牛的奶来沐洗。

圣牛可以任意在街上游荡，它看见店铺里有好吃的东西，便不客气进去抢吃。印度人不但不敢把它驱逐出去，甚至于要跪下叩头。因为他们的习俗，以为圣牛进门，是一件很光荣的事，因为圣牛会带着幸福进门的吓，圣牛晚上回到牛房时，僧侣们都要向它鞠躬行礼，而且祷告着道："祝我们平安，祝圣牛平安！"

除了圣牛以外，还有成群结队的乌鸦，常自由飞入屋中，啄取食物。记者向同行的旅伴说："若使乌鸦来扰乱我的秩序，我准把这些不洁的东西杀死。"

"那么，你便要被送到捕房里去。这里的巡捕都是保护乌鸦的生命安全的，因为乌鸦为众服务，这里并没有清道夫役。是乌鸦来啄食秽的，扫除垃圾杂物的吓！"

稀奇稀奇真稀奇，满街老鸦扫垃圾。

锡兰的蛇姑娘

仁慈的象老爷凶猛的熊太太　　浪荡的猿公子妖媚的蛇小姐

　　锡兰的确是一个神奇的国土，是出产珍珠宝石的岛国，也可以算是印度洋中的一座大花园，同时是一个天然的动物园。各种禽兽，在锡兰受到人类绝大的尊敬：像什么圣牛吓！清道的乌鸦吓！若非记者亲自目击，真要以为是在听《山海经》哩。

　　锡兰产生的动物，除了圣牛、清道鸦之外，还有象老爷、熊太太、猿公子和蛇小姐……这些在我人视为凶猛可怖的动物，在锡兰居民看来，却都是亲狎得好像猫狗一般的家庭动物。

　　象老爷的庞大身躯，走路时的神气固然威严得很，可是性很驯良，在中国视为"仁兽"。据说它生性仁慈，行动时常谨慎它重笨的巨脚，决不无缘无故去践死一只蚂蚁。在森林中，象是常帮助工人运木或斩树的工作。每天夕阳西坠，庙宇中守圣象的人，赶着象群到水畔沐浴，是一幅极美观的景致，在他处是看不到的吓！

　　熊太太，却比象老爷要凶猛得多。它常在黑夜里埋伏在森林中，攫食孤单的旅客，锡兰土人走夜路时，他们往往沿海滩或河边前进，宁愿兜远路，却不敢穿贯森林中的捷径。因为沿水边走，若使碰到熊时，可以跳到水中洄泳，熊太太不谙水性，旅客们却可以保持生命的安全，好在锡兰的居民，十分之九，都是善于泅水的吓！

这里终日在树林中跳跃嬉戏的猴子们，它们是没有尾巴的！据说，锡兰的猴子，可以分成五六种。但都没有尾巴；脸平扁，手指和利爪，都和人一般，而且走路只用两只后脚，它们都是所谓猴类中的人猿吓！

这些没有尾巴的人猿，真像是《西游记》中的悟空孙行者一般。先在荆棘茂盛的地方跳着却尔斯登舞；继则从这一棵树跳到那一棵树上；或者蹲踞地上，向你扮着鬼脸；一眨眼工夫，又蹿进森林里去采栗子吃了。

这些爱寻泅气的猿公子们，或者不会博得你们的欢心。让记者来介绍娇媚艳丽的蛇姑娘罢。

蛇姑娘的确生得美丽，《白蛇传》中的女主人公，在锡兰是到处可以邂逅。但是，须得留神吓！她们生得最娇小玲珑的，往往最富于危险性，不消说得，那最毒辣的是高白蜡；最受尊敬的是娜娜邦蓬，据说是一种善良的蛇，土人不加杀害，甚至于每日供给食品。

"高白蜡"和"加贝尔"是两种最毒的蛇，可是她们常被做蛇戏的乞丐玩弄于手掌之中。蛇丐们在蛇旁吹奏一种风笛，发出单调的乐音，蛇姑娘们给音乐迷醉住了，她们便昂头倾听，竖起笔直的苗条娇躯，宛转旋舞，她有时做出若要择人而噬的样子，可是蛇丐吹奏的音乐旋律，终于慑服了她们的雌威。

假如你说那些蛇姑娘是经蛇丐们驯养的吧？可是能干的蛇丐，他们只凭一支风笛，会到森泽或到屋子里去，给人家捕捉那种毒辣的蛇姑娘的吓！

法国人称呼这种蛇丐，叫作"蛇的谄媚人"，多么有意味的名词吓！

锡兰人的衣饰

男人束裙女人鼻垂圈环　天真小孩裸体追逐为戏

　　我们参观了哥伦布的自然植物园和动物院以后，现在是轮到要看土人的时装博览会了。

　　先看本地的房屋罢。土人住的房子都是平房，四面通风，是石块或泥土堆成的茅屋，茅屋往往是搭在树荫底下，可以遮蔽太阳风雨。

　　居民们呢？……因为屋子是四面通风的，为了便于呼吸空气起见，他们都喜欢在街上度着生活，在屋子前，陈设着各种工作的器械，他们便在屋子做交易，烧东西；你们尽可以自由参观他们的日常生活，这些棕色的新加利人，他们的家庭生活和职务，是混合在一起的。

　　路上的行人呢？……最初你们可以看见穿着衣服的：五十或六十人中，有一个人是穿裤子的；其他的在腹部及下身只围了一幅颜色不同的布匹，正像女人们的围裙一样。可是他们的上身呢？却又有许多不同的花样：有些是赤膊，裸着皮肤天然的颜色；有些呢，绕着一幅毛巾，把布角放在肩上；种种古怪的服装，应有尽有。那些破旧褴褛不堪的衣裳，或许是旧货店里淘来的；可是也有新的衣料，好像才从裁缝手里完工的，穿在身上也终不对合尺寸。还有很整齐的制服，可是纽扣散开，并不纽紧，这许多光怪陆离的衣裳，都不知道从哪一家戏院中散发出来的。

头上呢？……这是最容易表现出人类虚荣性的装饰。我们试把上海的街头习见的各种先后流行的头饰做个调查吧；无檐软帽，草帽，鸭舌帽，结辫或发髻，还有插花的，或者戴着鸟窠或花球式的女帽的，五花八门无奇不有。在哥伦布的街头，我们审察新加利最流行的头饰，是留垂乌黑油亮的长发。孩子们则散发肩背。成人们则用梳子，盘旋首顶。或者打成花形的发髻，垂在颈背，和中国旧时妇女们的发髻相似。新加利的土人不分男女性别，头上都喜欢作这样的装饰。

在哥伦布，看不到一个年轻美貌的女人，未免是一件煞风景事。在茅屋子里，旅行者有时可以瞥见中年的妇女们，很忙碌地在料理家务，手腕上带着一排排的镯子，很大很重的铜镯或银镯，颈挂着贝壳穿成的项链。

锡兰有一种舞女，她们是常牺牲色相，在祭神时当众跳着含于宗教色彩的舞蹈。她们穿着艳丽锦绣的衣袍，戴着满饰珠宝的花冠，披带金属链片，束金带，戴金镯，甚至于额上、鼻孔及嘴唇都穿有珍珠宝玉为装品。至于伴奏舞曲的音乐师们，也都穿五色灿烂的衣裙，击着圆筒或橄榄形的革鼓，以为节奏。

男子也有以跳舞媚神为职业者，其装束颇古怪，头戴面目狰狞的假面具，上身半裸，饰以宝石珠属的络结，下穿五色长裙，赤脚裸臂，其跳舞姿势，有如中国旧剧中的优伶一般。唯舞蹈时默不唱歌，有似中国的傀儡戏。

锡兰的女人，以黄色为无上的美观。她们喜欢搽姜黄色的脂粉，弄得双颊蜡黄，双耳挂着一打的耳圈，最漂亮的，连足趾上鼻孔上都戴穿环子。

　　锡兰的小孩子们，看上去颇讨人欢喜。胖胖的身体，铜色的皮肤，乌黑的眼睛，笑嘻嘻的面孔，赤裸裸地不挂一丝，腰间戴了一条银链，在太阳底下爬来爬去，真是多么天真活泼可爱吓！

欧亚非中冲的宝赛^①

宝赛（Port Said）为埃及重要商埠之一，地居欧亚非三洲的中冲，是从亚洲到欧洲必经的孔道。居民十九万四千余人，以阿拉伯及埃及人居大多数。宝赛的土人，名誉极坏，偷盗居多，实则未必尽然，亦不过好人为坏人所累耳。

船抵埠的前日，全船大起戒心，宣布戒严。大小门户，尽行锁闭，即连救火皮带，本悬诸壁上者，亦都取下纳于贮藏室中。据海员们称，宝赛土人善泅水，能乘人不备攀登甲板，窃取物件，无论杯盏，刀叉，火柴，巾帕，都要顺手牵羊，不可不事先防备。

黎明六时，即有埃及小贩攀登甲板兜售货品，有善操广东语者，问同行 V 博士："春宫要不要？"索价二先令，V 博士以二先令成交，事后检视，已非原货，仅模特儿照片数帧，尽早已"狸猫换太子"了。

七时许，东方已白，旭日上升。有土人登船，促我们登陆游览。那有船长召雇的搬煤埃及人及阿拉伯人，二十人一小舟，五六艘接尾而来，攀登甲板，面目狰狞，望而生畏。我不惯煤屑灰尘及叫嚣声浪，即托土人代觅渡舟。但水手们相戒勿从，恐遭不测。并警告以土人狡狯下

---

① 即塞德港。

海外印象

047

流，虽客身畔无钱，亦有"剥猪猡"的危险。我们遂于九时许上岸，渡资每人来回各一先令，游览时由一老向导做翻译伴侣。

老向导为人很忠厚，殷勤而又诚恳，求之宝赛土人，实不可多得，我们在临行时，共同签名，出一介绍证书，以备他日国人游览宝赛时，可得一可靠的导伴。

宝赛划分两大城区：在欧洲市区，不少摩天的高层建筑，象牙色墙壁，衬映着苍翠的棕榈树荫，颇悦目可观。邮局、银行、大旅馆都设在这很国际化而又摩登化的市区中，不少杂种的混血女人，推着小孩睡车在公园草径，或水门汀人行道上，悠闲地散步。我们整整一星期，在囚室一般的船上，久不见美丽女性的影子，看到了那些受当地白种人豢养的妻女们，真像是在沙漠中发现了绿洲一样。

其次为阿拉伯城区，街道污秽，行路时须掩鼻而过。市街十字路口，多咖啡店，土人披白色长袍，戴红色圆帽，踞坐其间，亦有手持中国胡琴形的水烟筒，懒洋洋地在那里消磨时间。满街是像野狗般的羊群，结队来往，并没有看守的人。在菜市场中，可以看见许多阿拉伯女人，浑身黑衣，从无穿鲜艳色彩之布匹者，面上都蒙着黑纱，不能分辨面貌的丑妍。伊们留着卷的黑发，浓厚的眉毛，睁着一双圆大的黑眼睛，向我们溜视，其表情神秘之至。

阿拉伯人多信仰回教，每日须跪祷五次。过回教寺，因须脱鞋，且应纳资破钞，未入参观。其地本在英法两国势力之下，但近年来意国商务亦渐形膨胀。市中屡见专门出卖日本货的大商店，日本邮船过此者亦颇多。

回船已下午四时，我买了几张当地及苏伊士运河风景片，取值并不昂贵。宝赛的水果极便宜，肥大金黄的橘子，每一先令可购二十枚。我们有那个老向导做伴，随地占到不少的便宜。老向导伴行七小时，我们各人酬以一先令，他表示很满意，再三称谢而去。

从白林地西到罗马

　　一九三三年六月四日，"万德伯爵"号把我运进意大利国境。卸在白林地西。在这个古希腊的白冷德西翁地方，是诗人魏琪尔的葬身地。中古世纪时，佛烈德第二世曾在这里娶耶路撒冷的美丽的姚朗德为后。四十年前，法国文学家保禄蒲善曾游此地，那时候他得到的印象很恶劣，说是一个房屋简陋、街道崎岖的城市，但在今日，至少从表面看来，白林地西，是成了意大利近代模范都市之一的重要商埠。

　　街道上挤满了马车行人，今天是星期日，看热闹的闲人似乎比较多。站岗的路警和海关守阄的警察，制服绝对不同，最引人注目的，是那些头戴拿破仑式菱帽的警察，初到意大利的人们，往往要误会这些佩剑满襟勋章的制服阶级当作海军上将看待，其实他们都是寻常的巡警，不过，在欧战时有功，所以穿的制服与众不同地神气罢了。

　　在海关里候了十分钟，一个工人模样的红鼻子大汉，不穿制服，戴一顶破旧的硬帽子，问我行李箱中有没有香烟。我说没有，其实我带了五十支的埃及香烟，为了省避麻烦，并不报告。

　　照例一个旅客带这区区之数的烟，是不会给处罚的，但不如说没有的好，否则必要受到翻箱倒柜的困难。而且，他们还会老实不客气问你拿几十支去过瘾。因为普通意大利人是吃不起纸烟的，十支极普通的香烟，要买四个利耳，合国币一元，这是上了火车以后，一个航空军官问我讨烟时告诉我的。

把行李寄放在火车站的行李房里，因为离开午车的时间还早，有二小时可以游览，便买了一本游历指南，跳上马车，去参观了几处本城的古怪景物。

记得在保禄蒲善的《意大利感想录》中，他从一本四十年前的旧指南上，抄着有一首残缺的诗，是描写白林地西景物的，原诗大意如下：

十二月的某天一阵夏季的和风，

吹拂着迷人的海湾，

这清凉的微温的带有香气的和风，

好像一个声音对我喁语：

"异国青年，你来这里做什么？

没有一个可爱的人儿，你只能梦想着

那六千年来迷惑人心的幽灵，

求乞的 Clysse 和年青的公主。"

"我来是为要追寻

沙滩上异教的奇丽事迹，多少的梦想者追寻过他们的梦想，

从那怀着神秘心的魏琪尔起

一直到拜伦，他绝命在这青天之下。"

白林地西，有这两位诗人的遗迹，至少也值得后世人凭吊的吧。

先参观了一座教堂，再去看一座古堡，这古堡的建筑工程很浩大，从前是一个富丽堂皇的王家宫堡，现在改做了一座暗无天日的监狱了。

从这两次参观中，我得到两种绝对不同的印象，一种是娇媚的，一

种是恐怖的。

那海湾，那沙堆，那古诗，那教堂，给我许多奇异的幻想和崇高信仰，至于那个森严的古堡，到如今，仿佛犹可听见，从那临海滨的窗户中传来银铛铁索的声音。

保禄蒲善在参观这个古堡牢狱的时候写过一段很动人的文字，是抒写狱中囚犯的生活，他说没有比参观囚犯时更感动的事件了，有七百多的犯人来往工作，穿披麻衣，依了罪刑的轻重，戴一顶红帽或绿帽子。

他们的颈项，腰部和足胫，都缚着粗巨的铁链，叮当作声，发出悲怆的哀鸣。从这些奴隶的脸上，看不见一点含着些微光明自由的希望，也从没有叛逆的阴谋表情，他们都像羔羊般驯服受刑，毫没有反抗的感觉。

每当夕归西下，他们从铁栅、窗里，远望海上自由的船舶运载自由生活的旅客们，乘风破浪绕经这座狱阱，眼睛里放出忧郁的暗影，挥着红绿帽子，祝海上旅行者们的平安。

这是一幕多么动人的图画，一直等我上火车的时候，我还是眷念着那古堡中的囚犯们。

白林地西的炮台，放着十九响的号炮，报告正午钟点，火车缓缓地开动，预算当夜十一时，我可以到达那"永久之都"的罗马了。

法兰西巡礼

梦想着欧罗巴大陆的风土人情，已经十多年了。

我承认，我是一个企慕异国情调的人。特别是对于欧罗巴洲，做了多年的憧憬幻梦，六七年前，我写过一篇文字，记得其中有这样的一段：

"我渴想到欧洲去走一遭，我不羡慕瑞士的明山秀水，也不留恋罗马的砖砾遗迹，却是想到大都会的巴黎、伦敦、维也纳、柏林等处去游览。我爱看丰姿美丽、肌肤莹白、衣饰鲜艳、行动活泼的少女；我爱听出神入化的大规模的交响乐会；我爱看可歌可泣富于魅诱性的歌剧；我爱嗅浓郁馨芬的化装粉麝；我爱尝甜蜜香甘的酒醴。……"

多谢造化上智的安排，在一九三三年的夏季，我离开了亚细亚洲的泥圭，横渡了印度洋，红海和罗马人所谓"我们的海"，穿过了欧洲地图上几个颜色不同的国土，经过了许多大都市，终于实现了昔日的梦想和志愿。

最近接到国内朋友们的来信，他们也都是欧罗巴洲的恋人，一个朋友问着："在古罗马的APPIAN道上，人兽圆场的阴影下，风和日丽的尼斯海滩上，巴黎的圣母堂和比利时的平原中，碰到了什么黄金发或黑发黑眼睛的少女没有？缪赛诗中的意境，在旅程中曾经实现否？请略告欧游后的兴致如何。"

另外一个游历过巴黎维也纳日内瓦的朋友，写信问起："你在罗马游得怎样？很希望你告诉我们一些新鲜的事件，尤其是意大利的风情。祝你对于欧洲的姊妹城，都不要失去鉴赏的机会。"

法兰西巡礼

多谢朋友们对于身为海外十万里放浪孤客的关怀，和你们厚情的祝福。我这一次到欧洲来的动机，是很简单，无非是想把自身放在一种新奇异样的环境里，满足青年时期的放浪欲望。同时想多看一点东西，多知道一点事情。

记得厨川白村说过："在外国过着一两年的生活，对于作家是很可喜的而且是很有意味的事。排去在身边牵连的种种困难，从极委曲的生活中翻出身来，在行踪不定南船北马的旅程中，任意来尝自由生活的甘味。即使在旅舍的一隅，片刻的假寐，暂时静悄悄地冥想一回，或在公园的草茵上享受一种闲散的休憩，不一定要有做什么工作的必要，不管是一年或两年，做一个自由流浪的人，是创造畅舒的整个的生活的良法。"

碧蓝海岸的尼斯

法兰西真是人世的一座乐园，我暂且不说繁华甲天下的巴黎都市景象，先从自然界风景方面，做一个素描。

法兰西在地理上，占有两处不同海岸的特殊优先权，一处是面临着地中海迁回到古文化的国土，另一处是沿着北海遥望见新的世界。其他的国土，自然也都有引人入胜的特征，譬如意大利是充满着艺术和历史，常在一个永久碧蓝天空之下，笼罩在幸福的气候中；瑞士，以山水名天下，在北方天空之下，是一个人间的大花园。

在法兰西的南方，有一个地方叫作"碧蓝海岸"（Cote d'Azur），是世界著名避寒和避暑的唯一胜地，伊兼具有意大利和瑞士两国的优点，这是一个梦境中的世界，一年四季，老是春天的气候，是一个没有冬天的海岸。可爱的太阳，冬天晒暖土地，夏天并不灼热游客们的皮肤，从年头到岁尾，园圃里常常开放着美丽的花草卉木。

欧洲大陆上各国的重要政治家、事业家、富豪、名人、优伶和新大陆黄金国的实业大王、好莱坞的明星们，一到冬天，都走上旅途，群集"碧蓝海岸"，度假避寒，在那个可爱和暖的太阳底下，追逐嬉戏。

在这"碧蓝海岸"最著名的地方是尼斯（Nice）。尼斯这个名字自从希腊文 Nike 蜕传下来的一个译音，译义解作"胜利"，在那里到如今还保留着许多古罗马帝国的建筑。在一八六〇年，当地居民仅二万六千人，今日已激增至十八万四千余人，每年成千成万的旅客还不计算入内。

自然风景方面，有的是温暖可爱的太阳，碧蓝的天空和海水，金黄色的沙滩，阿尔卑的山麓，翠绿成荫的橄榄树和各种芬芳奇异的花卉树果。尼斯的"花市"和"百花节"，是世界有名的。在较幽静的乡村，到处可以看见房屋的墙上洒满阳光，蔷薇色的屋瓦，环绕着常春藤或蔓延着牵牛花。在赭石性的土地上，滋长着葡萄、柔葚和橄榄和各色各样的松柏。

人工建筑方面，古代的有第十五世纪的教堂古堡，可供考古家的摩挲；近代的有"英国人行道"，可容二十人并肩步行，是世界最大的一条散步广道，从早到夜，有各国各色民族的旅客在那里徘徊散步，最注目的是那些戴大阔边草帽和穿着大裤脚管"印度裤子"的女人们，伊们上身穿的是无袖裸胸的游泳衣，手里牵着一头北京小巴儿狗，也有面蒙黑纱穿黑衣的女人，远看好像是小寡孀，但是满街可以看见不少那样服装的姑娘，据说这些都是一九三三年尼斯最流行的女人时装。

尼斯有许多的歌台舞场，都是建筑得非常富丽，最著名的是"堤岸游戏场"（Casino de Jetée）筑于海上，四面临海，全以钢骨建造，坚固异常。内设舞场一、剧场一、赌场一，颇似上海的大世界。此外，有欧洲最贵族化的 Negresco 大旅馆，最摩登化的"地中海宫"（惜于去年冬季已毁于火），闻名世界的大赌窟"蒙德卡罗"（Monte Carlo），距离尼斯，只有数小时的路程。

尼斯的狂欢假节

尼斯不单是一个风和日丽避暑避寒的名胜佳境,伊同时是富于浪漫色彩的人间欢乐乡。凡是参与过尼斯狂欢假节的旅客,归去以后莫不娓娓不倦地赞美在假节时期所享受的狂欢乐趣。

每年到了七八九月间,在别处正当溽暑的夏季,在尼斯却是永远和暖明媚的春天,旅囊充实的男男女女,从欧洲各大都会里溜出来,都到"碧蓝海岸"的尼斯,过一个快乐的暑期。蓝的海水,蓝的天穹,蓝的车辆,蓝的眼睛,蓝的宝石戒指,在黄金色的沙滩上,举行盛大的展览会。

夏天在尼斯,永久是风和日丽的晴天,从不会降落半颗雨点,旅客们尽可以悠闲地饱尝海景和太阳光浴的乐趣。到了黄昏,清风徐来,处处是温柔的感觉。一个人静悄悄地独坐在地中海滨冥思,或携了情侣爬越阿尔卑山,或者休憩松柏橄榄树影下披览小说,或者挤在快乐嬉笑的青年男女队伍里欢呼唱歌,多么自由逍遥的生活吓!

在尼斯每年有许多名目的节假,是欢舞狂歌的日子。在一九三三年的夏季,前后共举行了三个月的节假庆祝。现在把各种节假的名目日期抄在下面,以见当时盛况的一斑。七月二日地中海宫举行电影节,九日儿童球戏日,十三日亚尔培王公园(Loie Fuller)舞会,十四日法国国庆节，街头跳舞大放烟火，二十日国际航空旅行节，二十三日摩托脚踏车竞赛，二十九日 Corso Blanc 夜舞会，三十日海上竞技戏，八月四日阿尔卑山国际汽车竞赛，六日尼斯汽车比赛日，十日至二十七日浴装美女选举，十三日在古墟剧场表演著名戏剧，二十日至二十三日法意两国比赛拳术，二十七日足球比赛水球比赛，九月二日至三日海龙王节，七日美国脚踏车会，十日欧洲脚踏车赛会，十七日公园夜宴会，二十四日葡萄收获节，全城游行跳舞。

每到冬天春天，尼斯的假节比夏天更形活跃，现在根据一九三四年份预定的节假日历，略举重要的节目如下：一月六日高尔夫球戏，十五日至二十一日尼斯网球锦标赛，二十日皇家旅馆高尔夫球戏，二十一日慈善有奖舞会，二十三日法国妇女红十字会游艺会，二十七日荣誉勋位会舞会二月一日嘉年华会开幕，三日法国救济伤兵会舞会四日嘉年华游行会，六日海上竞舟水战戏，八日掷花节，八日至二十五日尼斯第十届市集展览，十日"黄金草"与"红宝石"舞会，十一日民众跳舞会，十二日至十八日法国南方网球锦标赛，十三日法国妇女节，二十二日掷花节，二十二日至二十四日高尔夫球戏，是日并举行滑冰锦标赛。三月二日"尼斯之夜"盛宴舞会，三日高尔夫球戏，八日掷花节，八日至十日尼斯高尔夫球锦标赛，十日白色舞会，十一日赛狗节，十二日至十八日草地网球锦标赛，二十一日至二十八日，国际帆艇比赛，二十五日孩童掷花节赛鸽节，三十一日至四月四日法国外省庆节，四月一日至二日国际航空竞赛，七日至十一日农产水产展览会，八日尼斯游行节，十六日运动跳舞会，二十一日法国军官舞会，三十日至五月六日，"碧蓝海岸"草地网球锦标赛。

尼斯的嘉年华会

　　法兰西外省的人民，都喜欢户外的生活，逢着各种风俗或宗教式的假节，往往都在街头广场，举行各种的游戏、巡行和竞赛。

　　在从前，举行宗教巡礼时，常有许多教徒，穿了各种颜色的赎罪长袍，——那是一种没有袖子的粗布长褂，背后挂了一只风兜模样的帽子，套在头上只露出面目，在今日有苦修院中的修士还穿这种赎罪袍子的，例如陆征祥现也常穿。——到如今，还没有绝迹。在各种保存民俗土风的音乐会中，我们还常可以看见种种古代遗传下来的乐器。

　　有许多的城市乡村，还按年举行着各种古怪的假节，例如 Tarascon 地方的"怪兽模型像"（在法国南方，每逢圣玛德节日，在游行仪仗队中，常有各种怪物怪兽的演饰）。圣玛利亚地方的婆汉迷色巡礼队和祝海的仪式，圣德罗杯地方的"说大话"等等，都是极有趣味的赛会点缀品。

　　但在一切法国南方外省举行的假节中，最精彩而最引人兴奋的，便是尼斯地方的"嘉年华会"。

　　"嘉年华"这个名词是法文 Carnaval 的译音，是指称一种行乐的节期。本来是一种祭酒神的日子。这个节期，大概都在天主教中禁肉祭节的前几天举行，所以也有人译作"祭肉节"或"狂欢节"的，这一天照欧洲各地的风俗，大家都可以尽量地大吃、大喝、大叫、大闹、大跳、大舞。在欧洲，意大利威尼斯地方和法国尼斯地方的"嘉年华"节，是全世界有名的。

有许多爱寻快乐的人，大半都在二月初赶到尼斯去，专诚去参加每年一度举行的"嘉年华"会。好像中国江浙两省的人，到杭州去赶"香汛"有同样的兴致。

在尼斯，嘉年华会是由当地的市政厅和市政委员会共同筹备组织的，其目的在招揽一般有钱的外方游客到尼斯游览，使市面可以繁荣起来。

法兰西的人民，原有爱寻快乐的性格，常常欢喜借着节假的机会，拼命地寻快活。他们一到了"嘉年华"节会时，分外地玩耍寻快乐。因为这是欢呼畅饮的日子，白天把街道店面装饰得花红带绿，夜上放射灯彩，照耀得像白昼一样。他们组织了各种奇形怪状的游行队，满街乱唱乱走，路上可以跳舞，可以用花朵来掷女人，可以化装乔扮各式人物，穿上古怪可笑的服装，发狂一般地东奔西跑，拦住了不相识的女人狂舞。大人都变成了顽皮的小孩子，专门和人家寻趣开玩笑，或者散花互相掷击，或者从车辆里拖下美丽的女人搂抱亲吻，因为大家带着假面具，彼此都认不出本来面目，在这个时节，有许多痴男怨女，都因此而结成眷属的，是数见不鲜的常事。

最好看的，是各式各样千奇百怪的化装台阁，一九三三年度举行的游行仪仗队中，有不少稀奇古怪的化装人物，例如：在一部骆驼形的车上，驼峰上高悬一只蛇头戒指，中央坐了一个穿运动短衣的少年，陪了一个拿大毛羽折扇作公主装饰的少女。在一只马头船上，大肚皮的巴黎男神抱着娇小的海莱纳女神。一只善唱歌的夏蝉，在哀乞一只吝啬的蚂蚁借干粮。一只猴子大王望着座下的牛羊鸡豕，馋涎欲滴。一个秃子头上和大鼻子上顶了许多蚊虫。（大约是一个哲学家）一个长发长须的音乐家，骑在一只三头鸟上乱舞着指挥杖。

巴黎不是天堂

美国人有一句俗语："生前不能横渡到欧洲，死后灵魂必要飞到巴黎去。"

到巴黎去！到巴黎去！十年来在友侪间当作口号的一句口头禅，居然在一九三三年七月一日实行了。

在没有出国以前，在我理想中的巴黎，是一处仙境，一座天堂，一块乐园。等到跨出了巴黎车站，踏上满地车票戏单的马路，坐上男女杂沓的咖啡馆，闯进男女野合的森林，才发现了巴黎的真相和它的特征。巴黎，不是天堂，不是仙境，不是花园，而是人间的欢乐乡。

卢骚失恋时，从瑞士漂流到法国，他企图到魅惑的巴黎去追求欢乐与安慰。结果，等到现实的巴黎放展在他眼前，惊破了他憧憬幻象中的巴黎。他在《忏悔录》中，很忠实地诉说他的悲哀。

初次到巴黎，巴黎给我的印象，不及我想象中那样的美妙。因为，在往巴黎的旅程中，我先在"永久之都"的罗马，淹留一月；又在法国南省"碧蓝海滨"一个人过着蜜月生活。看惯了天空碧云、海上碧水的我，一朝跌进了这声色旋涡的万花镜中，的确觉得有些慌张，但是我对于巴黎；并不失望，也没有悲哀的心绪。

记得莫泊桑似乎说过这样的话："人生没有我们想象中那样的美丽，

也绝没有想象中那样的丑恶。"凡是真能体会这两句话的意味的人，才可以和他讲谈巴黎欢乐乡中形形色色的生活。

在这一篇都会猎奇记中，我并不描写巴黎的名胜遗迹。因为那样游记式的文章，已有许多人写得很详细了。而且，有《巴黎指南》一类的旅行书籍，可资参考。我也无力把巴黎及巴黎人的生活，赤裸裸展陈于读者诸君的眼前，因为我是一个东方的旅客，对于真正巴黎人的欢乐淫逸生活，虽心向往之久矣，但是没有实际的见闻经验。这里所写的，只限于我私人猎奇趣味方面，随便画一张速写罢了。

放浪杂剧场

到巴黎欢乐乡的第一步，便该踏进放浪杂剧场去。这种专门表演放荡不羁杂剧的场所，女优们都是袒胸裸腿，在美玉珍珠般的肌肤上，披着稀薄灿烂的衣饰，而美其名为"音乐厅"（Music Hall）。其中最著名的红女优，芳名迷死登凯德，是一个半老徐娘，因为擅长化妆，而又工于媚术，巴黎人受她诱惑的不可胜计。尤其是来自美国的富豪，为了要博她魅惑的流昤，不惜一掷千金，替她添置衣裳。迷死登凯德所储藏的流行时装，都是她施用煽动富豪情欲手段换来的，她靠了那几千套炫异妖艳的衣裳，常保持她在放浪杂剧界女王的地位。

在放浪剧场中，有很多的娼妇，她们在座观剧时，谁都瞧不出哪一个是闺秀，哪一个是神女。因为：贵妇与娼妓，个个都是盛装而往，个个都是娇媚万态。直到剧艺中辍休息时，在行廊的天鹅绒栏杆前，你可以看见有一个单身女客，裸着大理石纯白的胸脯，一双情欲的眼睛，故意伛身整理齐裾的丝袜袜带，裸出白玉的腿，又摆动着胸部隐约可见的坚圆乳房，这样的恣态，可以挑唆正在偷看她的男人的情欲，必有相当的效果。因为在这种场所娼妇，出五十方至百方之数，便可以满足男人的雅兴。

至于舞台上且歌且舞的女优们，都穿眩人心目的豪华绢裳，缀着宝石羽毛，初次到巴黎看见女人，觉得巴黎女人是世界上最美的女人。她们都穿极简单极稀薄的蜘蛛罗衣，但是，个个都是健全的肉体美。在舞台上，陈列了百人以上的裸体美人，她们都是半裸或全裸，有腿与腰均齐的曲线美，圆滑的肚皮，饱满的乳房，不啻举行裸体展览会。那些人体曲线所鼓动的波浪和明眸脸部的优美表情，并可使观众升华到肉的仙境，目眩心惑，鲜有不为隔座娼妇肉体的温昧所征服的。

蒙马德之夜箱

捷克人有一首民谣，大意是说"捷克是早晨，英国是正午，法国是黄昏，西班牙是黑夜"。这大概是指称欧洲各种民族日常生活的特征不同点。

巴黎的黄昏固然可爱，——住在上海的人，喜欢黄昏在霞飞路一带散步者，必会相信我这句话——但是，巴黎的夜生活，尤其是可爱。

巴黎夜生活的中心，在蒙马德一区。你若使从放浪杂剧场出来，脑袋中还留着那绚烂绮罗的布景，轻罗半裸乱舞女优的群像，使你神经异常兴奋，不能回寓安眠，不妨到蒙马德区的几家大小欢乐场中去过一次夜生活。

那些欢乐场所，都是有舞蹈表演的食堂，场所并不广大，每夜从十点起开始营业，所以有"夜箱子"的别称。到这些"夜箱子"里去最好是男女两人，占据一小桌，两人持盏依偎，倾听高台上管弦乐队的伴奏，那出神入化的美妙旋律，激动着两个青年恋人的心弦。若使一个人独坐一边，邻桌的女人自然把秋波放送过来，甚至于把香烟喷到你的脸上，使你沉醉在梦想的女人乐园中。要博得这些人间天使的宠爱，全夜的代价，是法币二百法郎。

有了可爱的女人做伴，你便应该解开悭囊，最好定一间特别隔离小室。两人很亲密地偎坐一起，遥听细微的音乐，吩咐庖丁预备催情的冷餐，盐渍鲜虾，冷肉和其他刺激官能的药剂饮料，阿白生和香槟，随便你拣选。在特别室中香槟的代价，从百法郎至三百法郎间。

冷食和烈酒，把男女的情欲燃烧起来，男人搂抱女人软滑的腰，女人偎依在男人的怀抱中，恣情放浪地接吻，两人的理性都麻痹了，只有兽性和下意识，支配了现代的亚当与夏娃。

色情小广告

外方旅客，孑然一身，做客巴黎，如感到孤寂无聊的时候，想和放纵的爱情接触，不妨利用色情"小广告"来解岑寂。这些所谓"小广告"，并刊入日报的分类广告栏中，另有专门的图画杂志登载。最著名的有《巴黎生活》《巴黎杂志》《色狂之页》《性之叫喊》等等。

在这许多色情狂的小广告中，大半都是男人出钱刊登的，譬如你出了十法郎一行的代价，拟了这几行启事：

"某东方青年，年三十岁，体格健全，受高等教育，宣于爱情，征求一相当年龄的淑女，作为伴侣。通讯处由邮局某号信箱转交。"

这样几行广告，登出不到两天，你便可以收到这几种内容不同的复信。

第一封信，是衣装店里女售货员寄来的，她是一个二十二岁的职业少女，生活独立，富于现代的快乐趣味。每逢星期假日，空闲寂寞，理解爱情，能迎合男人的欲望及兴味。

第二封信，是一个有夫之妇寄来的。她告诉你，她的丈夫是一个精力消耗的老年人，而且生性吝啬多疑，她的年龄很轻，愿意无条件接受你的一切要求。

第三封信，是一个被人遗弃的女人寄来的。她说两年前她苦恋着一个男人，男人负心，不别而行。她今日无所依归，君如能担负每月三百法郎的房租，她肯和君同居，肉体与爱情，全归君有。

第四封信，是法国外省某餐馆侍女寄来的。她因为厌恶当地的生活，有志到巴黎的影戏院做卖票员。如其你肯寄她六十法郎的旅行费，她必定赶到巴黎你的寓所来面谈一切。

在你所刊征求女侣的广告栏中，你同时可以发现其他同样的启事。其中有许多堪玩味的字句。例如："某男，性诚实，求知英语之妇人。""某男，求好笞打之妇人。""某男，性质温良，求有自尊性之英国妇人。""某男，好笞打，求欲得笞打快感之妇人。""某青年，征求旅行伴侣。"甚至于"某女，征男友。""某女，求爱侣。"种种形色的小广告，不胜一一枚举。

此外，还有结婚媒介的广告，有爱人幽会通信，有春药品出卖，以及猥亵写真，春宫秘画，一切全然不道德货品的广告。巴黎之大，无奇不有，那些色情小广告，已足代表巴黎淫逸生活于万一了。

巴黎一昼夜

如果欲在巴黎过整个二十四小时的生活，有几个必须遵守的条件。第一，必须年纪轻；第二须有女伴，最好已经结过婚的；第三，最好袋里藏着来回车票；最要紧的条件，便是应该有康健的身体和饱满的精神。

外国旅客一到巴黎，先到旅馆里去洗一次澡，除了清水以外，切忌另和其他的流液接触，换一句说，不要饮酒。年轻的先生太太们，请你们牢记着这第一条节目，上午九点钟，是到"和平咖啡馆"（Café de la Paix）去吃小早点。

在人行道上，咖啡馆老板为了要吸引外国旅客及从乡村出来的外地人，布置着田园风味的花草景饰，咖啡馆的墙壁上。画着很鲜艳的蔷薇花图案，对面是歌剧场，两相对照，正像是乡间的市政局管崎立在田园中一样。在蔷薇花底下，两杯冲牛奶的咖啡杯前，一对青年的夫妻，把二十四小时周游巴黎的节目，商议决定好了，一等吃完了小早点，女人第一个起身，向和平路走去。

九点三十分，在和平街。

在夏天时节，早晨的太阳光，照射在宝石上发出炫目的光彩。到了冬天，晚上的电灯光，朗耀若画，玻璃窗变成了水晶宫，一切灿烂的珍珠钻石，缭乱人眼，只有真正的老巴黎，可以在这条首饰店的街道上安详地散步，不会受那些发亮东西的诱惑。但是在外国旅客看来，好像是踏进了金玉宝库一样。因为那些雪亮的金刚钻，白热的灯光，红宝石和绿翠玉，可以命令每一个女人驻足不前。在世界上，没有其他的街路可以同样地使她们流连忘返。在一百年前，巴黎的金银首饰店，都集中在王宫左右。到了今日，都迁移到这条不很广阔的和平街来了。

十点三十分，女帽店。

虽则离开换帽时节还早，年轻的女人不妨为保护她的美丽的头发起见，到店里去拣选一只流行的小帽子或大帽子。在兰蒲（Reboux）那一家帽铺的大镜子前，女人只看见那顶漂亮的大阔边帽儿，男人只看见他的美丽的女人。

十一点，女衣装店。

二十年来，自从欧战以后，世界上各个大都会大大地改变了面目，不消说得，她们还要层出不穷地变化下去；可是只有巴黎，她永久是世界流行时装的策源地。那些专做衣装活动展览广告的年轻姑娘们，在主顾面前，故意装腔作势做出种种优美的姿势，看得男人眼红心跳，女人生出妒忌。结果，是女人夺得了那件动人的美丽衣裳，命令被雇的少女把衣样脱卸下来，披在她那个并不配合身材的身上。男人呢，掏出皮袋数钞票。

正午十二点钟，在亚加雪亚大道散步。

每天到了正午，是荳花球树林荫大道上最热闹的辰光。在这个时间，可以看到巴黎最漂亮的马，最名贵的狗。有钱的巴黎男女，差不多都有声色犬马之好。还可以看见受保姆监护的婴孩们，戴独片眼镜的绅士，阔人的汽车，小孩子的睡车，巴黎的绅士淑女等等。

十二点三十分，饭前的开胃饮料。

　　现在我们的一对青年男女，安步地走到拉吕（Larus）饮料店里，他们不像其他从乡间来的游客，一到那里便闯进店里，坐下来，匆匆忙忙点菜吃饭。他们在店前人行道上，拣两人合坐的小桌子坐下，那些红漆的椅子，对着前面淡棕色的建筑物，他们各人饮一杯"巴多"酒，一面鉴赏封面玛达莱纳（Madeleine）庄严的石柱大门。

　　下午一点午餐。

　　到了午餐时间，我们的青年主人公，可以根据他们的口味随便选一家餐馆。在星角场凯旋门附近，有一家叫作高尼老夫（Karnilof）的，是保存着纯粹俄国烹调的风味。或者到"勒陶亚洋"（Ledoyen）那一家去，他四面装着玻璃的窗户，无论哪一个时，都像坐在香海丽榭（Champs Elysées）的花园中一样。外国的旅客们，如其欲一尝法国历传庖厨的风味，最好是到"大滑蛋"（Grand Vatel）去。如要价廉物美，则莫如到"公使们"（Les Ambassadeurs）那里去。有红的玫瑰，蓝的墙壁，女人的嘴唇是红的，女人的衣袍是蓝的。

　　三点三十分，游蜡人馆。

　　男人发起到蜡人馆去，他以为女人必定要瞻仰那个公债票舞弊案的主犯，巴黎老白相人斯达维斯基（Stavisky）的丰采。因为男人的心理，以为女人都是英雄崇拜者。在参观的时候，看守人告诉他们，在斯达维斯基像原来的位置，本来陈列着那个毒杀亲生父母逆伦案犯紫罗兰姑娘的蜡像。这个女罪犯的模特儿，是参考其他杀人犯的解剖模型而塑成的。

　　四点三十分，饮茶。

　　虽则巴黎人不很喜欢到香海丽榭去饮茶或喝咖啡，因为那里的街景太富于变幻。但是外来的旅客，却都视为是一个名胜的所在。

　　五点三十分，小酌。

蒙巴那斯（Montparnasse）那一个地方，是巴黎另一个幻异的区域。那一家叫作"圆屋顶"（Coupole）的咖啡馆，是艺术家、优伶、娼妓们聚集的中心地。你坐下不到半点钟，便可以看见全世界各国各民族的代表典型。形形色色，比日内瓦开国际联盟会时还要热闹好看。

八点钟，晚餐。

吃夜饭到了时间，又发生吃午餐时间同样的迟疑问题了。"路易伯伯"的那一家，原来是从前王家的驿站逆旅。"高利大"（Corrida）是专门烹制西班牙庖厨者。如其要吃远东的风味，"巴斯加"（Pascal）的中国菜还不坏。这里有一家可以尽兴到第二天早上的，是叫作"马克西姆"（Maxim），那里的管弦乐队，常常奏演"风流寡妇"的乐曲。跳舞厅完全给快乐的女人们占据了，虽则她们并不完全是寡妇，但是可以说都是非常爱干风流事的。至于男人们，也为了要保存古风起见，都喜欢穿镶嵌金纽子的红色制服。他们的制服，穿得长久了，并不鲜艳，可是他们却不愿穿现代流行的黑色夜礼服。年轻的外国男女，都喜欢到这里来享受一世纪前的逸乐生活。

九点钟，到香海丽榭看俄国舞蹈。

我们年轻的主人公，知道俄国的舞蹈，是非常流行于巴黎。他们可以在舞台上看见许多跳荡的肉腿，红的缎鞋，那个现代浮士德——彼得契加（Petrouchka）的苍白脸孔，和许多用脚尖舞蹈的姑娘们。在中间休息的时候，观众从大理石的庄严梯阶走下来，在对面大阳台上，可以看见另一个美丽的舞台幕景。巴黎最时髦的女人，穿着最漂亮的服装，在那里开时装展览会。单是她们各种头发的颜色，已足令人欣赏不已，金黄的，雪白的，栗棕的，个个是齿白唇红，眉开眼笑，竟有许多男人，买了票子，特地来看休息时间的妖媚女人的。

午夜三十分，滑稽舞蹈。

最足以发挥法国人诙谐性的艺术表演，莫如"法国的喧嚣舞"（French Cancan）既发噱，又狂热，而且都是含着幽默快乐的成分。多谢老天，纽约流行的"爵士"歌曲，还没有闯进到这个舞场里来。那些不穿衣服，只用鸟羽、花草，或其他自然界物掩饰的裸体，叫男人看了兴奋，叫女人看了迷惑。

一点三十分，半夜跳舞场。

如果有兴致继续穿过蒙马德（Montmartre）的不夜区，这里有许多的半夜舞场。一家叫作"希海刺若德"（Sheherezade）的，是一家充满匈牙利风味的舞场，常聘请匈牙利的土风音乐家表演各种乡土音乐。一家叫作"佛罗棱萨"（Florence）的，是意大利舞场，在香海丽榭附近有一家叫作"老海口"（Le Vieux Port）的，完全是海滨的情调，每夜从十点起到第二天清晨，表演各种水手热舞，其中以"法国的喧嚣舞"为最精彩。每到舞场空气紧张的当儿：男人可以把领带解下，女人可以把头发分散。在那里虽没有投掷"共欢蒂"（Confetti），也没有裸体的诱惑，只有露胸袒背的媚女人，和那野蛮的"萨克松风"的音乐，可以使人回复到原始人类幸福的境界。

三点钟，蝙蝠舞场。

蝙蝠舞场，是戏馆散场后唯一可以消夜的场所，这不是一个专门表演舞蹈，同时也可以供男女跳交际舞的场所，在这里，可以跳舞，可以打趣，可以大笑。音乐来自匈牙利，还有许多销魂荡心的特别余兴节目。

五点钟，赶早市。

天空作鱼肚色的时候，不妨从半夜舞场出来到街头呼吸一些新鲜的空气。到街头咖啡摊上小坐片刻，可以看那重笨的木轮车，从郊外走到城市来赶早市。车上装满了红的果子青的蔬菜。在罗佛美术馆里，看不到这样生动的图画，如果要尝新鲜果子的味道，不妨到菜市场上去自己拣选，不但价钱巧，而且货色又来得清鲜。

六点钟，到"和气伯伯"那里吃大蒜汤。

早上六点钟，巴黎的男女都还在甜蜜的酣梦中。出卖早点的馆子还没有开门。如果肚里要放一点热东西，不妨到"和气伯伯"那里去吃碗大蒜汤，喝一盏锌杯的白酒，一只月弦形的热面包，一杯奶沫咖啡。一夜的疲倦，靠这一顿热食，又把精神振作起来了。

第二天八点钟左右，我们两位的青年主人公回到他们的旅馆里，男人伸一个懒腰，女人打一个呵欠，两人没有上床的时间了。他们要赶上早班火车，洗一次冷水浴，整理简便的行装。在火车上，他们正可以作长时间的休息。

下次再见！不分昼夜的巴黎呀！

巴黎的出差姑娘

一九三三年的夏天，在地中海上我乘着从上海到威尼斯去的意大利特快邮轮，同船的旅伴，忽然豪兴勃发，发起一次化装跳舞会，同船的一位德国太太，平日和我常用上海话有说有笑的，听见乐队奏着《蓝色多瑙河》，要求我伴舞。我想出了一个不成为理由的理由，拒绝了。她老不高兴地回答我道："你到了巴黎以后，一定会破戒的。若使你不跳舞，你便没法和法国小妮子们亲近。"我说："等我在巴黎学完了，我一定赶到柏林来专程伴你跳舞，我给你保留优先权好了。"这样一来，我总算一次逃过了跳舞的难关。

第二次，是在一九三三年的冬天。比利时国鲁文古城的 S 姑娘，在庆祝耶稣圣诞的夜宴会中，承她青盼，要求我伴舞。我又想出理由来拒绝。S 姑娘露出惊讶的神情，她柔声软气说："你不会跳舞吗？我来教你。""不，恕我不能奉陪。""为什么呢？因为我不愿意我将来的未婚妻，和他人跳舞，所以我自己先以身作则。"S 姑娘不禁笑出声来："那你一世不会找到这样一位未婚妻。"我答道："在欧洲当然不会找到。但是在中国，有许多许多的姑娘，她们是在征求不会跳舞的青年做她们的未婚夫吓！"

一九三四年的耶稣圣诞，我回到了上海。一碰见相别两年的朋友们，大家都问起我在欧洲几个大都会中的生活情景。相熟的朋友，尤其是对于欧洲女性，特别感到兴味。要我写一点关于巴黎跳舞的情景。我当场口头答复："鄙人郑重声明，在欧洲住了二十个月，但是从没有涉足舞场。并非自命清高，实在为了不会跳舞，跳舞文章无从写起，姑且把在巴黎作客时所耳闻的跳舞场的新奇事情，报告一下。至于其中详情，因为没有亲眼看见，如有不尽不实的地方，还须请从法国回国的'巴黎通'加以考证。"

在上海，一般会讲英国话或会讲洋泾浜英文的人，都知道"祖克西"这一句话，便是指称"出差汽车"。在巴黎，近年来流行一种新名词，应用英国话中的"祖克西狗儿"译成中文，便是"出差姑娘"。这里所讲的"出差姑娘"，并不是上海妓院中出堂差的姑娘，而是巴黎舞场中一种舞女的别称。因为有一种舞女，在她们身上挂着有特殊的标识，是一只用珍珠镶成号码的饰针，正好像汽车上的照会号码一样。舞女的职业是迎接客人，谁都可以和她亲近，正像出差汽车专供大众乘用一样。"出差姑娘"这个新名词，正可以日本东京银街头的"手杖座娘"（斯的克狗儿）互相比美。

下面，是一个巴黎"出差姑娘"的写照。

在巴黎舞场进出的人，都久闻"老九"的芳名。她是一个温柔沉静的少女，富于神经质，她有苗条的腰身，喜欢穿袒裸胸背和双臂的黑缎衣裳，右腕带着两副白金的巨镯，衬出冰雪肌肤诱魅的肉色。左胸脯前插着一只钻针，作名片式，缀着一个"九"字。

"老九"是一个标准的"出差姑娘"。她是一个价廉物美的舞伴，大众可亲，她不善饮酒，从不诱劝舞客饮酒，作无谓的消耗。

"出差姑娘"的总制造厂，设在亚美利加。善于作企业的美国人，收罗大批年轻美貌的姑娘当作原料，加以人工的训练，结果大量生产出一般没有灵魂的舞女，一批一批输运到欧洲大都会的舞场中廉价出租。

当"出差姑娘"们没有输出美国的时期，在罗斯福上台以前，租一名"出差姑娘"的代价是一美元。到了今天，自然更加便宜。

后来在美国市场上，发生"出差姑娘"过剩的现象，后起的姑娘们，不得不另求新出路，于是第一次出口，运输到了英国。

最近，又推销到法国，巴黎人士非常欢迎在这种迎合时间经济的出产品。虽则"出差姑娘"们已在纽约、伦敦出过了风头，可是在巴黎的号召力，仍旧非常盛大。

"老九"是隶属于一组舞女中的第九名，全组共有舞女十二名。每夜从九点起至十二点半，常出现于蒙买德的某舞场。这家舞场有双层门户，严禁一般抱揩油主义的恶少们闯入。一个面相和善可是膂力过人的男子守在门内，这便是舞场的老班。入场者，在一张玻璃柜台上，先付一法郎五十生丁，买一张有号码的蓝票子。若是要跟"老九"跳舞，便买九号票子。在后再向舞女们胸襟或背上挂着的钻针对号，便可以找到舞客们所选择的意中人。

"老九"收到了九号蓝票子，她便先向你送一个微笑，把票子一折为二，撕下一半，投入一只柜内，其余一半，放进到手提袋里。在六分钟内，她便把整个柔软的身体出租给你。

在这六分钟内，你不必客气，可以搂抱着她，她是全部归属于你，你便暂时占有了她。你可以和她说着最大胆的话，最刺激的事件，或者施展诱惑的手段，但是，不能越出跳舞的范围。

"老九"每夜平均出差四十次，都是在光滑地板溜步。若是要她出差到舞场之外，当然须另缴付保证金，数目是由老班临时规定。不过每次回舞场时，须检查一次。因为，主持这种"出差姑娘"的主人，正像经营出差汽车的经理一样，常常须检查车身漆色是否有损害，机器是否洗涤干净。因为有关主顾的安全问题，不得不防前善后。可是伶俐的车夫，每乘车主不备，常会很巧妙地揩油。即使查出破绽，最多出一笔赔偿金便可了事。

凡是喜欢跳舞而没有到过巴黎去的人士，在上海，也可以找到变相的"出差姑娘"。据几个上海老白相人报告，最近有几家舞场，舞客付一元钱，便可以任意拣选一个舞女，全夜包下来，不限次数，尽你搂抱着软腰在光滑地上溜步。不过所不同者，那些都是罗刹姑娘，和亚美利加总厂的制造品大不相同。上海的罗刹姑娘，其廉价招揽主顾，在服务一点上，和巴黎的"出差姑娘"或许相同。但至少，还没有编列成汽车照会式的号码。

我是三十岁的人了。足迹总算踏过世界几个大都会的泥土，但是却还没有尝过搂着软腰在光滑地板上溜步的风味。大约此生在跳舞方面，不会有什么新的贡献吧。

蒙德卡罗赌城

避寒避暑的胜地

　　我是不会赌博的人，中国的麻雀牌和外国纸牌，都与我无缘。可是一九三三年的夏天，我居然观光了世界著名的大赌窟蒙德卡罗①（Monte Carlo）。

　　蒙德卡罗，是摩那哥（Monaco）小国中的一个城市。摩那哥是欧洲的一个小国家，面积狭小，只有三个城市，其地临地中海海滨，划在法国地图内，是受法国保护的一个小王国。全国居民只有二万三千四百二十人。（计摩那哥首都二千零四十人，公达米纳城一万零五百五十人，蒙德卡罗城一万零八百三十人。）

　　蒙德卡罗在没有筑城之前，原是一座荒僻的巉岩。创建城市者为法郎沙白郎，是一个很有魄力和干练的人。他的儿子加米儿白郎，他做过二十五年海滨浴场会的会长，继续他父亲未竟的志愿，完成了那伟大的建筑。经过五十年的开辟工程和惨淡经营，才把一座孤岩改造为世界著名胜地之一。

　　为了地理和气候的关系，在地中海沿岸一带，叫作"碧蓝海滨"（la cote d'Azur）的几个城市，一年四季有可爱的春天太阳光。冬天从

————————
① 即蒙特卡罗。

不严寒，夏天并不炎热。这个人间仙境的蒙德卡罗，便变成一个绝好避寒和避暑的胜地。美国的富豪和好莱坞的明星们，到欧洲旅行时，必定要在蒙德卡罗去度若干时日的假期。

赌博馆的一瞥

蒙德卡罗最重要的建筑当然要首推那座名震世界的赌博馆。从外面望上去，它正像是一座王宫，一到黑夜，电灯放光，从花园棕榈树树荫下望过去，不啻是西洋美丽童话中的水晶宫殿。

这座巍峨的赌博馆，初次动工于一八五六年，落成于一八六八年。门前是一座广阔的大理石石阶，阶尽为一阳台式的大广场，场插五色太阳伞数十顶，伞下设椅桌，备游客休憩喝咖啡。在赌博馆前，另筑有圆石柱的回廊，其左，为发给入场券的办事处，其右为寄放衣帽伞杖等的保管处。

走完回廊，右端为登总务处的楼梯，左端则可入阅报室，普通一般旅客，都可自由入内，或据案寄发信件，或任意披读世界各国著名的报纸杂志。

赌场设在底层大礼厅的左边，共分下列数厅：进去第一个是文艺复兴时代装饰的客厅——茄尼爱厅。赌博厅则共分两室，其一室高悬那幅叫作"佛罗伦谛纳的宠恩"名画。最后一厅，就是那座幽暗的"帝国厅"，是建筑师梅德孙于一九一〇年设计造成的。

这座客厅，是含着神秘性的，屋顶上装饰着 Segcaud 画的四幅油画，外人不得轻入。乘升降机登二楼，为舞场与音乐厅。赌博馆外另有大广场与人行道，南临地中海，是旅伴们谈心散步的最好所在。在夏季，每天两次，在人行道的中央，有音乐奏演。

参观赌场的条件

蒙德卡罗赌博馆，每天上午十时开门，直至第二天凌晨二时为止。

赌博馆并不是一个公开的娱乐场，凡要进去的人，都得先向管理处请求，管理处有核准和拒绝的权利。同时，他可随时吊销收回已发给的入场券，无声明理由的必要。

凡申请领取入场券者，都应具备证明本人身份的文件，如护照、居留证、户口单等。前年夏季，我偕友人王君同去参观时，王君所持的护照上，因所载岁数未到法定年龄，拒绝入内，结果只由我一人领得入场券一纸，在赌场中做了一次巡礼。

入场的人，不论男女，都须衣服整洁。凡属工人和侍仆阶级，都禁止入内。

在阅报室及赌场中，禁止高声谈话，并绝对禁止在总会各厅中吸烟。

不参与赌的人，不得坐在赌台的四周。雨伞，外套，手杖等，不得携入赌室。

收账员，经租员，经纪人，银行雇员，以及一切负有掌管公产或私产的人，都绝对禁止入场。凡未满二十一岁的青年，即使有家长做伴，也严禁入内。

赌博章程十一条

三百六十行，行行有行规。蒙德卡罗既为世界赌场中组织规模最大的一家，少不得也有赌博章程。现在根据一九二八年颁行的章程十一条，译录原文如下：

第一条　赌博自上午十时起至上午二时止，中无间断；唯如总经理认为合宜时，可以延长时间；再如司银人认为与赌人数不足时，亦可未至局终宣布休息。

第二条　玩"三十与四十"之纸牌，外贴国家印花税票，如盖有总会及特别委员会之印章，一经交点后，司银人即不负任何之责任。

第三条　如局中有人要求调换纸牌，总会方面须先征得局中庄家之同意，与大多数局中人之意见。

第四条　玩"三十与四十"纸牌戏，其分数全由总会方面审查，如纸牌混乱后，即不得重行核算。

第五条　凡空口言语或纸张文件，不予收受，亦不付出。不得以合同契约为赌品。

第六条　司银人对于赌博人中间互相发生之纠葛，或误移位数等情，概不负责；与赌人悉凭其私人之幸运，可获得与其下注位数相符合之彩金。

第七条　凡下注者一律应按法国银行纸币。如持有外国纸币，先须向司银人兑换后再下注。

第八条　司银人不得出借任何款项。

第九条　凡以假银币下注者，概不付款。

第十条　凡经司赌员发表"开始玩了不能再下注"一语，即不能再下注或取回赌金。

第十一条　司赌员在赌局将终止时，宜先报告总会；玩"三十与四十"纸牌戏在最后一圈前，玩轮盘赌则于最后第三盘前。

三十七门轮盘赌

在蒙德卡罗赌博馆中，最流行的赌术有两种：第一种是轮盘赌，第二种是"三十与四十"。

在上面我已经说过，我是不会赌博的人。那一天，我到蒙德卡罗去的目的，无非想实地去参观赌场中的真相，长进一些社会的见识而已。在上海没有严行禁赌以前，那三十六门的轮盘赌，我是看见过了。在蒙德卡罗赌场中玩的轮盘赌，有三十七门。

赌博馆中唯一的生财器具，便是那几张铺着绿呢的桌子，桌子都是椭圆形的。在桌子中央安放一个轮盘形的玩意儿，刻着三十六个数目，连零字共三十七门。

那一个玩意儿，作圆筒形，周围有三十七个小格子，每一格中用红字与黑字标着号码。赌博时，由司赌人将那个轮盘形上四根交作十字形的横档，推动一下，它便在轮轴上旋转起来。司赌人另拿一个象牙小球，逆轮盘旋转的方向掷到盘里，于是象牙球便在盘中乱跳乱滚。等到轮盘停止不动，那个球儿止在哪一个红与黑字号码的方格中，那便是赌中的奖号。

玩轮盘赌分两种赢法：一种叫作单交运，一种叫作配交运。

单交运，胜便是"过去"（Passe），从十九号起到三十六号止，可以赢钱。败便是"失落"（Uangue），从一号起到十八号止。此外还有"单""双""黑""红"等的赌法。

单交运是赌"平分春色"的，所以赢起钱来，是照本加倍。至于"红""黑"两色的分法：黑色代表的数目为二，四，六，八，十，十一，十三，十五，十七，二十，二十二，二十四，二十六，二十八，二十九，三十一，三十三，三十五。

"红"色代表的数目为一，三，五，七，九，十二，十四，十六，十八，十九，二十一，二十三，二十五，二十七，三十，三十二，三十四，三十六。

照最普通的赌法，与赌者可任意在三十七个号码中，拣一个号码下注。若使这个号码给你押中，那么你就可以获得三十五倍的钱。譬如你下注十元钱，你马上可以赢到三百五十元，其余依此类推。

若使那个象牙球停在零字那小格子内，所有下注在三十六个号码中的，都给庄家没收，只有下注零字的可以赢钱：还有玩"单交运"者，则作输去下本的半数计算，囚在"牢狱"一格中，等待下盘的运气。

怎样可以把"牢狱"中的赌本挽救出来呢？大家须静待庄家再来玩一套，若使开出来的是红色，那么所有的"囚犯"都可放出来。若使那个象牙球停在黑色上，庄家可以老实不客气，把所有的"囚犯"们，装到他的荷包中去。

把一笔钱，下注在两个号码上，叫作"骑马"（Cheval），若使中了一个号码，庄家依照赌客的赌本，配付十七倍。

下注的地方，是在桌上一张漆好了的表格上，共分三行，每行十二个号码。至于详细的下注法，我因为不是一个赌徒，所以无从一一说明。

好在我写这一篇东西，不是在编什么"赌经"。我只把我私人见闻所及的随便记录一下。最近为了看见宋春舫游记第一集《蒙德卡罗》，看他文章的内容，似乎并没有进到过蒙德卡罗赌场中去一样。因为有许多使人怀疑的地方，他说到轮盘赌，却很巧妙地用"尽人皆知，不必赘述"。一笔带过去了。

一夜在蒙德卡罗

　　蒙德卡罗，除了赌博馆之外，还有许多引人入胜的地方，如那座遍植异方奇卉珍草的空中公园，一称观象台花园；那座可容六百人的小剧场，是被称为巴黎歌剧院的雏形的；那条沿临地中海海滨可容十余人平行的人行道；还有奇装妖艳的各国都市女人；形形色色，不胜罄写。在德国乌发公司出品的《甲必丹克拉陶克》(*Le Capltaine Cradock*) 有声影片中，那支《一夜在蒙德卡罗》歌曲，不是在讴唱那座不夜赌城的美景美色吗！且看歌词是怎样编的：

　　　　他在那边，在碧波的海上，

　　　　天空苍苍，是情侣的游地；

　　　　许久已来，他受世人赞叹。

　　　　最美的梦，莫如淹留一天！

　　　　每条幽境，是个锦绣花园，

　　　　对对情侣，在此幽会盟誓。

　　　　远离世界，避开市声喧音。

　　　　夜来了，一夜在蒙德卡罗！

　　　　一夜在此，情侣多么幸福。

　　　　静悄地，一夜在蒙德卡罗。

相对无语，胜于长篇巧辞，

花的香气，迷醉我们的心。

蒙德卡罗！你有迷人香味。

多少痴男，为你神魂颠倒，

他们相妒，热狂如发疟疾。

你的岩石，赤如女人樱唇。

小说家写不尽你的美景。

跋山不慎，一失足成千古恨！

一幕悲剧，在朦胧月夜表现。

月光下，一夜在蒙德卡罗！

一夜在此，情侣心头震荡。

静悄地，一夜在蒙德卡罗！

相对无语，胜于长篇巧辞，

花的香气，迷醉我们的心。

小巴黎白露塞

小巴黎别名的由来

比利时王国的京城白露塞^①（Bruxelles），在欧洲有"小巴黎"的别称。这虽是一个八十五万居民的都会，若以人口统计，仅及上海四分之一，巴黎三分之一。但是白露塞市政的修明，街道的整洁，园林的优美，以及公共美术建筑物等，都饶有邻国法兰西的风味。其地距离巴黎很近，住在白露塞的比国市民，个个都会讲法国话。（比国言语分两种，北方人说法拉孟话，即荷兰话；南方人说华龙话，即法兰西话。）加之以比京的都会繁华，不亚于法京。是一个具体而微的巴黎。为了这诸多的理由。白露塞才得到"小巴黎"这一个骄傲的别名。

比国独立以来，不过有一百多年的历史。在九百年前，白露塞是塞纳（Seine）江一个岛上的小村。从十二世纪起，变成一个市场，是呢绒业商人的中心地。一二七五年，发生大火灾，焚去房屋三分之一。从十五世纪起，由工商业的大城，变为美术的都市；有钱的商人和资产阶级，都大兴土木，建筑各种华美的宫室殿宇。不久，成为荷兰执政人员的驻在地。从十六到十七世纪，白露塞的资产市民们，曾自备武器反抗西班牙的统治。一六九五年，奥格斯蒲战后，全城毁灭，焚去房屋四千

---

① 即布鲁塞尔。

小巴黎白露塞

家，教堂十六座。直至一八三〇年，大革命之翌晨，始为比利时国的京城。

我在比国鲁文城，一共住了十六个月。从鲁文到白露塞，乘火车半小时可达。每逢星期假节，我除了到郊外远足或野餐以外，白露塞是我常游之地。

童便喷水池

外方旅客初次到白露塞，除了参观华丽的王宫，巍峨的裁判院，庄严的教堂，富丽的博物院美术馆，优美的园囿，古旧的城堡之外，大家都要跟了一个诙谐成性的导游"说明人"，到一条冷僻的街巷里，去欣赏一个很有趣味的喷水池。

这个喷水池，筑在橡树路的右角，靠在街头的转角墙壁上，塑着一个全身赤裸的孩童，下部装有水管，从早到夜，川流不息地喷水，仿佛面对着行人小便一样。

这个便童塑像是有来历的。据传说，他是最古白露塞市民的代表，也有好事者编成一件很有趣味的传说：说是在十六世纪，该地附近有一个有钱人家的儿子，忽然失踪。家人四出找寻，结果发现那个孩子，一丝不挂正在放尿。家人为了要警诫那个顽童起见，便在便溺处替他塑了一尊铜像。

这个珍奇的铜像，在法拉孟语叫作 Manneken Pis，一六一八年由狄格斯诺雕成。姿态异常自然，类似十六世纪意大利写实派的作品。不久为人盗去，后由白露塞市民集资易以石像。

嘉禄皇第五，看见这个裸体孩童怪可怜的神情，在庆节假日，叫人给他穿起华丽的衣裤。巴尔维的议员，又给他做了丝绒衣裤，一把剑，一只锦绣的棱角帽。法王路易十五，还送了一座圣路易的勋章，给他佩戴。据管理人说，各国旅客中，常有斥资为该像添置衣冠者，现藏有各式服装数百套，其中也有中国衣饰。逢各国国庆节日，间或一穿，但裤裆常开，便水川流不息。

旅客中，常有不少的女教员率领女学生们参观该童像，她们都是为了好奇心理所驱使，但是仰首一望，辄多赧颜。

读者称此童爱好自然，不愿受衣服的束缚，可以算是实行裸体主义（Nudisme）运动的鼻祖。这个喷水便童，十足地表现出白露塞市民的诙谐气质，他是白露塞的特殊象征之一。

街头风景线

白露塞最热闹的街市，是从北火车站起到交易所的一段。人行道上路人的拥挤，各大商店奇丽的装饰，仿佛是巴黎几条的林荫大道。最大的百货商店 Bon Marche，和巴黎的百货公司，取同样的牌号。商场中装有自动步级轮梯，其效用比电汽升降机，更来得舒服而又方便。

各种大规模的游艺场所，如国家剧场，最摩登的大影戏院也都开设在那里。"大都会"和"派拉石"，这两家戏院，是以布置富丽蜚声欧洲。当一九三四年度名片之一"未完成交响曲"在比京开映时，在"派拉石"连映演至三月之久，我为了倾倒那片中主人公许贝德的缘故，连看了三次之多。

在北火车站附近，新开了一家"均一价"（Uniprix）的大旅馆。上下大小房间，房金一律取费十五法郎（合国币二元许），房间布置清洁，虽出三十法郎租金的房间，也不过尔尔。一般外国旅行家，都趋之若鹜，生意颇盛，常告客满。唯地处闹市，市声喧扰，不易安眠，且附近多下等妓院，颇多不便。

白露塞的林荫大道；不亚于巴黎的香海丽榭。尤其是那座五十年纪念坊，有些仿佛巴黎星角场的凯旋门。春秋两季黎明时，在树荫底下，常可见妙龄的雄赳少女，轻骑驰骋，或驾自由车（比国女人，都以骑脚踏车为最时髦的风尚），向郊外驶行。在不准车马通行的人行道中，有清池，有喷泉，有各种美术纪念建筑及纪念碑碣，树荫底下，设有木凳，专供行人休憩，男女谈情。春夏秋冬，一年四季，白露塞的林荫大道，处处充溢快乐的气象。

色情的享乐场所

白露塞被称为"小巴黎"最大的原因，正是为了他的繁华生活。比国虽则是一个很保守的小国家，天主教的政党在政治上占有优胜的地位，故王亚尔培是一个虔敬的教徒。可是专以模仿法国文化为能事的白露塞市民，在享乐方面，完全受着巴黎欢乐世界的影响。

城中公娼妓馆林立。最上等的娼妓，每夜都自由出入各大舞场剧院，大半受过教育，而且白昼或有相当的职业，如女书记女雇员之类，她们都不愿结婚，每到华灯初上，盛装到歌舞场所，物色相当的对手，纵情享乐。她们绝不是为了衣食问题，却是要享受性的满足，是彻底的色情主义者。如其没有相当可以诱惑女人本领的男人，只消花三百至五百法郎的代价，是极容易和她们亲近的。

在舞场及 Cabaret 中的舞女，麦酒咖啡店的女招待等，大半都是兼操神女生涯的。和这些女人跳舞，从来不用买什么票子。你只消请她喝酒，便够得上交情了。若使男人有雅兴的话，付了五十法郎，便可登楼欢聚一次。

下午妓院，开设在北火车站与南火车站附近。这两区的妓院，布置非常神秘。从外面望上去，是几家很普通的烟纸店。在门窗中陈列各种香烟样包，以"圣迷骇儿"（Saint Michel）及"贝尔茄"（Belga）两种居多数。旁设一门，门上并无其他的标记。推门进户，门铃自响，店内阒无一人。少顷，有一个艳装妖媚的女人，笑颜出迎。客人如要买烟，挤动眉眼，婉称并无烟支出卖，窗柜中所陈列的，都是空包。狡黠的游客和老于此道者则相顾一笑，便可做入幕之宾。此外，也有将门面装成女帽店或美容院者，在店铺后另设有密室。外国旅客中，常有男女主顾，误闯入这种半公开的神秘妓院，闹出种种可笑的事件。

咖啡店之一夜

白露塞虽则是我常游之地，我只度过一次很有趣味的夜生活。

一九三四年二月二十二日，比京举行亚尔培王出殡哀礼。那一夜，我走遍了南北车站，卢森堡站及那摩尔门一带的大小旅馆，都宣告客满，无法觅一栖身处。各游艺场咖啡店等，也都因国丧休业。我正在林荫道上彷徨的当儿，来了一个巡警，由他导示一家半夜咖啡店，我想在那里坐等天亮。

这家古怪的咖啡店，设在那摩尔门附近的一条冷僻小巷里。老板是一个退职的巡官，那夜只有这家小店有通宵达旦营业的权利。那里的大蒜汤是很有名的，店号便叫"大蒜咖啡店"。

我一推进门，店里已经坐满了十多个客人，其中有汽车夫，巡警，邮差，大旅馆的侍役，公用车的稽查员等，从各式制服上，便可以看出各人的职业身份。他们看见我一个黄色黑眼的东方人进去，都表示非常欢迎的样子。

那个退职巡官的老板，亲自过来招待。我先吩咐来一杯"半儿"（Un Demi）麦酒。比人嗜饮麦酒，似我国人的嗜茶，法国人的嗜好咖啡。麦酒在比国的消耗，竟居世界第一位，据一九三〇年的统计，比人每年一人须饮一百八十六斤，英国人八十八斤，德国人八十斤。在

小巴黎白露塞

107

比国习惯，沽麦酒一杯，因每杯容量为半杯，故俗称呼"半儿"。如在巴黎饮"半儿"者，视为阔客，普通辄饮小杯，叫作"四分一"（Un Quart）。比国麦酒代价的低贱，也为世界第一，一杯"半儿"的代价为一法郎二十五生丁，合国币一角七分。我干了两杯以后，老板又推荐该店特制著名"大蒜汤"一大碗，内和煮面包，芳香扑鼻，味甚可口，价二法郎五十生丁。

座客们都不存阶级的观念，酒酣耳热，大家自由谈笑。用着几种不同的方言，纷哄争辩亚尔培王突遭惨死的原因，及对于新王雷奥堡的印象。他们看见我一个人坐在一角记录通讯稿件，拉我加入他们的雄辩会，要我发表意见。原来比国的人民，不分士农工商，都很热心注意本国的政治问题，而且生性好辩。两个人聚在一起，便要刺刺不休地争论。三个同志，便要组织团体。五人齐心协力，即可以成立一个政府。

不到半小时后，我已经变成了一群吃得半醉的无产阶级者的顶要好的朋友了。因为他们从我的谈话中，听见许多生平闻所未闻的事情。比国人民和欧洲其他各国的人民一样，平日对于中国，向来视为童话或《山海经》中的国家。即使一般自命研究远东问题的智识阶级，对于中国今日的政治社会状况，也非常隔膜，他们所知道的，都是二十五年以前的中国情形，最熟悉中国近代政治史的政论家，也至多知道中国有一位叫作孙逸仙的革命家而已。

为表示亲善好感起见，十多个一见如故的异国酒友，发起给我做一圈巡行敬酒礼（Faire un tour）。其法每人轮流付钱一次，请众人干杯一次。那一夜，我也豪兴勃发，无暇彼此请教尊姓大名，举杯痛饮。我喝到第七圈时，已不胜酒力。幸亏窗外东方已白，有巡警便衣侦探数人，进店验查各人的居留证及护照，我出示比京市长签发的新闻记者特许通行证后，即得解围，跟跄向王宫赶去参加青年新王雷奥堡第三的登基宣誓典礼。

比京的中国人物

离开拉根陵墓教堂不远，有一个叫作拉根花园的，里面有一座中国楼阁，红栏明瓦，建筑装饰，悉仿中国古式，内藏中国古玩美术品甚富，为比王雷奥堡第二所创立。闻所延工匠，都为中国特派去者，我友张充仁君的父亲，曾襄助美术设计。张充仁君为前上海时报图书编辑，现在比京研究美术，离国已三年，在王家美术院专习油绘雕刻两科，获得奖赏甚多。目前正在襄助比国名师，装饰一九三五年白露塞世界博览会。今年夏间，将取道美术王国的意大利而回上海。

新任驻比代办凌其翰君，为前《申报月刊》编辑。凌君卒业鲁文大学，及比京大学。我在比国时，凌君任公使馆秘书，承他诸多照拂，特在这里表示感谢。

比国现有中国留学生一百四十三人。鲁文大学占大多数，计二十七人。在比京各学校者，二十余人，其中在自由大学者十一人，研究美术者十人，研究音乐者三人。国立音乐院高才生赵梅伯，曾在瑞士举行独唱会一次，颇受当地人士的注意。

在白露塞，现有关于中比学术团体二处：一为中比庚款委员会驻比通讯处，一为中比大学联合会。可惜都因经费不足，没有什么可观的成绩。在鲁文，则有中国公教青年会，设有中国学生寄宿舍，每月发行法文月刊《中国青年》。在上海，有中比友谊会，为留比回国学生所组织，通讯处上海邮箱五〇一号。

一个放逐的新闻记者

史丹邦·葛莱卡（Stepan Greka）是一个匈牙利国籍的新闻记者。他为了政治问题被婆达贝斯德当局放逐到国外。他最初在巴黎创办了一种德国文字的杂志，因为销路不佳，便流落到比利时国的京城，世界有名的"小巴黎"白露塞，因为不能重操新闻记者的故业，他便变成了一个小经纪人。

我初次踏入比国京城时，拿了一封介绍信，便去找寻葛莱卡，他住在靠近一条热闹街道的一座很精致的公寓中，这是一个身材很矮短的人物，年纪很轻，可是已经留着胡髭，我们一见如故，他接见我时，便发表了一大篇议论。

"我已经收到我哥哥的来信了，说你要来看我，据来信说，你要我陪你游览比国京城中各种荒唐的场所。当然啦，我可以做一个向导，陪你去见识白露塞的一切稀奇古怪的东西。我是多么地情愿结识一个中国朋友，而且我是多么高兴为一个'同业者'，先生，你要知道，在实际上，我始终是一个新闻记者呵，尽一些义务。但是我有一个朋友，他是比我更适宜于陪你游玩。你决不能找到比他更精明的伙伴了。他是一个白露塞人，他认识比京清楚得好像自己的衣袋一样。而且他的职业，是逼他出入于你所要猎奇的场所。他是在白露塞各家跳舞场中、小旅舍中、夜箱子里出卖女用手提袋的小贩。我已经关照他今夜到这里来，先生，请喝一杯'包尔多'（Porto）吧。"

他介绍他的夫人与我相见，是一个很艳丽的维也纳女人。据说她的父亲在欧战前，在奥京开过许多大商店。受了战事的影响，在大战第二天早上便宣告破产。

在房间的一角，放着一只摇篮，一个全身赤裸怪可爱的小孩睡在那里。

"那是我们的儿子，葛莱卡很骄傲地说，我们照了裸体主义的方法把他养育起来，我和妻子，都是笃实的 Nudisme 的信徒呀！"

门铃声起，进来了一个年约三十岁的瘦子。葛莱卡给我介绍：

"这是 Robert，你的夜游向导者。"

"葛莱卡已经预先通知我了，我是准备今夜陪你去搜集你所需要的材料。"

"好极了，但是难道一夜便足够看尽吗？"

"是的，不过我们须一夜不睡。我允许你尽可能范围之内，把比京所有的夜生活的场所，都陪你去见识一次。但是我们切勿错过一分钟的时间，因为有许多东西要看呀！"

"那我就跟你走好了。"

我向葛莱卡夫妇告辞，便跟了我的新伙伴，一个出卖女用手提袋的小贩，开始去作比京夜之巡礼。

夜宿酒店

我跟了那贩卖女手提袋的罗伴儿，走向比京城里的古旧街区。

"我要先领你到一家下流贼党的集会场所去，或者可以满足你猎奇的欲望。但是你参观了以后，不要后悔。"

我们走到一家简陋的屋子前。招牌上写着几个洋字：

"这是法兰西文，解释是'大臭虫'。"

"好一个诗意而又古怪的名词。"

"但不如称它为象征的更加适宜。"

我们推门进去，一股烟草的臭味几乎窒住我的呼吸。屋中陈设腐秽不堪，四壁贴着破旧的广告招纸。屋的一角，一架旧钢琴，左边一只白铅皮的账台，右边是几只小台子和小凳子。

里面坐满的都是衣服褴褛的男人，破布的女人，尽是酒徒，赌棍，流氓，打手之类的下流人物。一个驼背面貌奇丑的老太婆，满身垢秽，坐在一角，双手拼命在抓弄头发，我这时才明白过来"大臭虫"招牌命名的来历了，在奇丑老太婆的身边，还有一扎的破布头。

我的同伴附耳对我说，"大臭虫"是一般穷无所归男女的栖身所。只要付一杯酒的代价，他们便有权利在这里宿夜，曲着背伏头小桌子上，一直可以睡到第二天早上。在巴黎毛板儿广场附近，不是也有类似的场所吗？

"不错，听说在但丁路和辣格郎日两条路上最多，但是我还没有去观光过。但是我以为绝没有像这里的污秽臭恶，令人欲呕吧。"

这"大臭虫"的内景，实然恶劣不堪，若使不是硬了心肠和头皮，坐不到一分钟，便要马上逃出去的。

在房屋的四周，都是睡汉，而且都像从垃圾堆里爬起来的怪物。

一个老头儿睁开着一双血红眼睛，正在整理从街头拾来的香烟屁股，卷制纸烟。不时用手爪抓着他的污垢的头发。还有一个很肥胖的女人，年纪在五十岁以上，张着一只没有牙齿的嘴巴，不时对着我们发笑，而且装出种种恶形恶状的姿态。

看到那个老妖怪的女人，我几乎把心都要呕吐出来了。

大臭虱酒店

在"大臭虱"酒店中，我看见了那些令人欲作三日呕的女人，我便要退出去。我那个同伴对我说：

"你看见这许多奇丑无比的老妇人吗？你要知道她们每天可以找到她们的主顾，每次在二法郎（合华币四角）的代价，在附近一个地窖内，便可以亲她们的'香泽'了。"

"呸！像这样的老妖怪，难道还有人敢和她们亲近，除非是和她们同流下层阶级的男人。"

"信不信由你，但是我一些不夸张，我还可以举出许多有地位的人物名字，他们都可以算是真正的怪癖嗜好者，常到'大臭虱'来满足他们变态的官能享受。"

"真有这回事？"

"我早已说过了，谁来哄骗你。而且那些变态嗜好者，老是喜欢挑选最丑陋，最可怕，最龌龊的女人……你看那个胖胖的老太婆，她不是在那里向我们抛媚眼吗？我敢决定她因为看见我们都是陌生面孔，而且必定猜测我们不是常在这种地方出入的人，她误会我们也是变态的嗜好者，你不妨过去试试我的说话真不真。"

"多谢，多谢，我实在不敢领教。"

我们走近白铅皮的账台，罗伴儿过去和老板握手：

"两位喝什么酒？"

"来两杯 Bock 吧！"

老板望着我的脸，惊异地问道：

"这位东方贵客特来参观我的小店吗？我很荣幸。这里岂不很有趣吗？真是值得常来光顾的吓。这里的座位常常是客满的吓……若使你早先认识'大臭虫'的，在十年以前，生意真难做，我甚至于费尽心计装置电气机关以对付那些不付钱的顾客。"

我好奇心起，便问那机关是怎样构造的。老板兴高采烈地讲说。在账台上装一根电线直通出入门口的门钮，如有客人不名一文，扬长欲去，便散电流，他手握门钮，即不得动弹，屡试屡验。

"哈哈，我的主顾们早已知道我的厉害手段，都很客气待我，不用我再花电费了。"

"若使有人胡闹生事起来，难道你叫巡捕来干涉吗？"

"老天啦！'大臭虫'里从不叫巡捕来的，若使有人生事，我有拳头对付。"

"这倒是一个好法子。老板，一共要多少钱？"

"一法郎五十生丁。"

我付了钱拉了我的向导急忙走出"大臭虫"窠，那一位无牙齿的胖老太婆还对我们招呼：

"先生们，走好路吓！（Bonne Promenade）"

圣劳伦街的待合所

　　我和卖女子手提袋的罗伴儿走出了"大臭虱"后，他对我说：

　　"在这一条街过去不远的地方有一家同样性质的酒馆，牌子叫作'花蝴蝶'的，我想不必去参观了，里面的情形，和刚才在'大臭虱'所见的相同。我们现在到圣劳伦街去吧。"

　　"试问，在那里又有什么奇怪东西可以看呢？"

　　"先生，那是比京白露塞城中一条特有的街道，我要陪你去见识一家待合所。"

　　圣劳伦街地处圣瞿狄安教堂区，是一条狭窄的街巷。街旁的房屋。都挂着很大门牌的数目。在每一家门前，坐着一个招徕客人的老太婆。

　　我们走进第七号的一家。女东家正坐在甬道中披览一本专刊犯罪新闻及侦探案件的法文杂志，她掩合了那本杂志，对我们招呼：

　　"晚安，我的小罗伴儿，你来兜卖'袋儿'吗？"

　　"不，今夜恰好已经卖完了。你的生意好不好啊？"

　　"不好，坏极了，而且受了一件意外的打击。"

　　"怎样一回事？"

　　"你不知道吗？法国女人已经不准进比国的境界了。从前她们可以在比京住十五天，如今订了新章程，她们根本不能居留下来，这是一个重大的损失，因为人家都喜欢法国的女人。……"

罗伴儿正想推进挂着门帘的一个门户，那个女东家喊道：

"嘿，不要忘记入场费吓！"

我那个同伴答道：

"不差，我几乎忘了。"

他叫我付了比币两个法郎，走上扶梯，到了楼上一间小厅中。有一个钢琴师正弹奏流行曲的最后一阕。四个青年围坐在一张小桌子前，六个女人，穿着单薄的衣裳，并坐在一条长凳上，她们脸上都现疲倦欲死的神气，其中有一个手里拿了一本和刚才楼下所见同样的杂志。咦！真是奇怪得很，这种杂志，难道是专门给待合所女人消遣的机关报吗？

我们面对着这六个女人坐了下来。女东家的下手过来招呼：

"喝什么酒？"

"来两杯'半儿'麦酒。"

"要叫两个女人来坐台子吗？"

"一个人够了。"

"喜欢哪一个？"

"金头发的。"

侍酒下女

女助手向那个黄金头发的女人做个手势，她便有气无力地坐到我的身边来了。

"晚安，两位先生。"

"你要喝什么东西？"

"你要谈情吗？"

"什么意思？"

"若使你要谈情，那我得先喝香槟。"

"这样说来，我就不想谈情了。"

"啊哈！刚才我要你请客喝香槟，无非是我想替东家做笔生意，可是我也很喜欢柠檬汁吓！"

"那么，请叫柠檬汁吧。"

女酒保很敏捷地把我们吩咐的东西送到桌上，她说：

"一共是十五法郎，再请随便赏几个钱给那个钢琴师。"

我摸出二十法郎的钞票说："听凭你去分配吧。"

在这一个待合所里，那架破旧钢琴发出不谐和的音调，四周充满忧郁凄切的空气，叫人索然无味，正想欲哭出来一样，坐在我身旁的那个黄金头发女孩子，呆若木鸡，不知她在思索什么东西。罗伴儿把她从梦中唤醒过来。

"嘿，小宝贝，为什么老是那样不高兴呢？你要知道我们是来寻开心的吓！为什么老不开口呢？"

她耸了一耸肩膀：

"你们来这里并不是为了寻开心，无非是为了满足一种需要罢了。"

她又是那样有气无力地斜倚在我的肩膀：

"你登楼吗？"

"不，谢谢。"

"那么，为什么你们叫我来呢？"

罗伴儿抢着替我回答：

"他要和你谈话，因为我的朋友是一个中国的新闻记者。"

"别开玩笑了。"

"真的，我敢替他保证。"

"那么，他要知道些什么事情呢？我觉得没有什么有趣的东西可以报告。生意虽不很好，也不能算很坏……白天还有几个客人……到了夜上，一个人都没有……至于客人吗？下午有几个熟客来，一个长官，二个或三个公务人员，许多的商人……要问旅客的国别吗？有很多的英国人和德国人……这里真是一个要命的地方，远不及一个月前我在昂万思（Anvers）工作的那一家。那里虽则常有许多喝醉了酒的工人，但是每天生意终是很好。"

娼妓论

那个金发女人，把柠檬汁一饮而尽，振作精神，对我发表了下面一大篇的谈话：

"到这里来搜集做文章的材料，真是一个奇怪的念头，最好请你作一个新的题目，因为人家唱着那一套教训的老调，使人听得够厌倦了。……你看我，不是等于跌进了一个不可自救的火坑中吗？再瞧我的同伴们吧，看看那四个醉得人事不知的蠢东西吧，他们整天埋葬在这里竟当他们的家庭了；还有那个女东家，老是发着脾气，因为生意不好吓。若使你照样地写成文章登在报上，岂能吸引读者的兴趣吗？……人家常唱着高调，要维持风化，要禁娼，要封闭娼门……英国没有娼妓了吗？德国没有娼妓了吗？为什么独要责备比国呢？我说了半天废话……现在请你回答，你登楼不登楼？"

"不。"

"那么，再见吧，胆小的东方人。"

她旋过身来仍旧回到她的同伴那里，留下我放在她面前的那张五法郎的钞票。

七号待合所中的六个女人，都是萎靡不振，像欲入睡的样子，女东家上来一看情形不对，她鼓着双掌，高声喝道：

小巴黎白露塞

"哈啰！大家不要死样活气吓！快些鼓起快乐的精神来吓！钢琴师，你不要怕把钢琴敲碎，它是很结实的吓！"

那个昏昏欲睡怪可怜的音乐家，揉着蒙眬的眼睛，按着琴键，弹起"雷梦娜"来了。那一群可怜的女孩子们，跟着发出破碎像鸦叫般的歌声：

雷梦娜，

我做了一场好梦，

雷梦娜，

我们两个儿一同走吧。……

我轻敲了一下罗伴儿的肩膀，对他说："我们还是一同走吧，这里实在太凄切了……我觉得再坐下去便要发神经病了。"

当我们走出门外时，忽然电铃声起。六个女人一齐起立，鱼贯走到右边一扇小门里去。在那里，据罗伴儿告诉我，是一间玫瑰色的房间，一定是来了一个正经的客人了。

生理比赛

我们走到比京银座街头，在一家麦酒店的门口，贴着一幅牌子，上面印了这几个字：

征求女佣及漂亮女招待各一名。

我问我的夜行向导罗伴儿道："这是怎样一回事？"

他露着笑道："你不明白吗？他们无非想招请一个可以吸引顾客的女人罢了。他们需要的是一种可以使人亲近的女人，至少是要带一点野性的。……"

"那么这又是一家待合所了。"

"不是的，这里是一家麦酒店，如果说得确切一些，倒不如说女人酒店来得好。到这里来的人，都是'醉翁之意不在酒'的寻开心朋友。在后面另有一个极舒服而且极隐秘的后堂，若使那个'漂亮女招待'伶俐的话，这种麦酒店是准会发财的。有时来了大队爱寻快活的宝贝，他们腰缠万贯，便有资格被请到内堂去，而且可以把门紧锁起来。那么一切可以舒舒服服，好像在自己的家里一样。在我们面前的一家，要算是白露塞最讲究的第一家了。里面常有许多上流人物，高级公务人员，大肚皮的商人和阔气的厂长。此中常发生许多不堪想象的事情。最近有十几个有很高地位的绅士们，在那内堂里举行过一次'生理解剖比赛会'，获得决赛锦标的人，还欣欣有喜色地当众表演他的绝技呢。……"

"这种麦酒店的老板们，为什么不顾羞耻，敢明目张胆在门口挂着这种招纸呢？"

"你来比国不久，所以未免大惊小怪。你要知道像这样的招纸不但可以随便挂在门口，甚至于在各种报纸上，也到处可以看见登着许多类似性质的广告。请买一份《比利时国家》或《黄昏》或《二十世纪》看吧，在第四版上，最显著的位置，都是登着征求'漂亮女招待'的广告。"

"像这种性质的麦酒店，在比国京城一共有多少呢？"

"几乎可以说，每一条街上都有。至于贝西路、鲍亚端路、马来路、白菜路这几处特别来得多，每条路上至少有两三家，等一会，我陪你到北火车站附近的那一家叫作'迷魔萨'的去参观一下吧。"

"迷魔萨"这一个好古怪的法文名字，译成中文，不是他物，便是植物中的"含羞草"，你们想想，这个名字巧妙不巧妙？

神秘香烟店

"我一支香烟都没有了，在这样夜深的时候，到什么地方可以去买呢？"我问我的夜游向导。

罗伴儿露出狡狯的笑容：

"我领你到一家烟支店去，这个时候一定还做交易的，而且你又可以找到有趣的材料。"

我们经过亚杜夫马克思林荫大道，走到北火车站右面的白拉防路，再折入李维爱路，一家有灯光的烟支店前。

"你看，还没有关门呢，我们进去吧。"

跨进门口，一个少妇笑颜出迎："晚安，两位先生。"

"我要一包香烟。"

"什么牌子的？"

"Davros，Corterouge。"

"我们没有。"

"那么来一包'贝尔茄'（London）吧。"

"我的小宝宝，请拿吧。"

我听见她那样肉麻的称呼，受宠若惊，不禁跳了一下。我想这或许是她做生意的一种习惯的门槛。

她摸出一匣火柴，划了一根。

"我的爱人儿，来点一个火吧。"

这一次，更使我吃惊起来，我是第一次来买香烟，为什么她便"我的小宝宝""我的爱人儿"随便乱叫起来呢？……我把她仔细观察一下，她向我抛了一个媚眼：

"请进来吧，到后面密室中休息一下吧，你的朋友请一同进来，我恰巧有一个女友在这里，一定包你们会称心满意的。"

罗伴儿老是朝我做出嘲笑的神情，我真弄得呆若木鸡。你们想一想，你们若向上海无论哪一家烟支店去买烟，烟支店老板娘竟会请你到她的店铺后面去小坐，这岂不是一个大滑稽吗？

"年轻小伙子，快些进来嚯，为什么迟疑不决呢？我是竭诚欢迎你们两位，你们每人只要付一瓶酒的价钱……我就可以店门关起来，安安逸逸地来寻欢……我的女朋友生得真漂亮，她是一个肉感丰富的法拉芒女人。……"

"谢谢你的盛情招待，明天我们再来。"

"为什么要等到明天呢？今夜岂不是一个很好的机会吗？又没有人来惊扰我们。或许你们还嫌价钱太贵，好的，我再牺牲些好了……两个人合付一瓶酒价……两位共付五十法郎，再便宜也没有了……现在什么都不景气吓！"

雾之国伦敦

世界第一大都会

从一九三三年到一九三四年，在欧罗巴洲作客二十个月，孑然一身，怀了通行各国的护照——花花绿绿的钞票，在几个大都会中，猎寻新奇的东西。

初次踏进伦敦市街，是民国二十三年二月二十五日的黄昏。下午八点左右，维多利亚车站来了一行列车，车窗上罩着一片模糊的湿气。我打了一个呵欠，走出温暖的车厢，走到光滑像镜子般的柏油路上，那雨后潮湿的路面，反映着街头霓虹灯和白热煤气灯的回光。我好像跌进了一个万花筒里。

骄傲的伦敦，拥有八百万的市民，五十万的载客车辆，他老是霸占世界第一大都会的席位。在一千九百年前，是被称为"卑湿的城堡"（按英文 London 一字，蜕化于色尔德语 Leyn–Dnu，译义为湿地的堡垒）。纪元后五年，葛罗德大帝率领四万人占据伦敦。到了今日，这个最古怪最污秽的城堡，却成为世界上最大的都会。

这第一大都会的天气，非常恶劣：一年四季，常有浓雾，叫人忧郁愁闷，脑袋里出汗，四周都是窒息的水蒸气。心理学家们说：雨天和阴天，是最容易犯罪的日子。伦敦终年给阴霾、浓雾、湿气所包围；或者便为了气候的缘故，他是成为今日世界上最著名的犯罪都会。但是暗杀案件却没有纽约、芝加哥、巴黎来得多。

男盗女娼之窟

法兰西的旅行家，并不爱好伦敦，福禄特尔是一个憎恶英国人的法国文豪，他说："在伦敦刮起东风的日子，旅客们正像要缢死一样。"在近代文学作品中，伦敦是常被视为盗贼之窟，倒闭银行家和政治犯的逋逃所。

意大利的水城威尼市，谁都知道是一个收容私奔男女的自由城市。伦敦与威尼市，却有不少共同的相似特点。孤注一掷的豪赌赌场，放逸的剧场，黑幕层层的叶子戏，美貌少女的买进卖出，以及其他形形色色的秘密勾当。大英绅士国的首都，不一定比意大利的"浪漫水城"来得严肃正经。

我是一个从小在都会中生长起来的人物，足迹也曾经过不少的世界大都会。可是初次踏进伦敦市街时，也不免有些慌张的情形。那十字路口，画着八卦迷阵式的白色人车界线，走路偶不谨慎，便有被罚钱的危险，警察铁面无情，老少无欺，中外一律，须罚英金一镑，或二十先令（合国币市价十五元），走路不容易走吓！还有那楼台亭阁式的公共汽车电车，猩红的车身，东撞西闯，好像举行救火车比赛大会，把你围得水泄不通，还有大商店窗户中闪光的装饰，刺激着你的视神经；卖报童子尖锐的叫喊和喧嚣的市声，把你投到声与色的旋涡中，正像一个从浦东出来的小乡童，被围困在上海南京路的日升楼前一样。

饥饿的步行者

　　在伦敦热闹市街，我得到一个深刻的矛盾印象。电影院的男女观客，排齐队伍，从戏院门前排起，一直蜿蜒到马路的人行道上，再曲折到隔邻的狭路狭弄里，大家整暇以待，沉默无声，像是学生们从操场列队行进课室一般。同时，在这大队绅士太太有闲阶级的"等待阵线"的对面，也来了一队衣服褴褛的人群。他们都是失业的男女工人，是所谓"饥饿的步行者"们，满脸菜色，鸭舌帽檐遮掩着眉目，手里散发传单，在纸上作饥饿的叫喊。他们口里并不歌唱《国际歌》，也没有向戏院投石块或洒镪水的轨外举动，而且，对于"等待阵线"中的绅士太太们，连正眼都不看一眼，他们老是忍气吞声地，向着热闹的市区中心，安步前进。

　　伦敦满坑满谷都是失业者。今日的英国当局已不强载无业者到殖民地去开拓；而且，殖民地也不愿意收容他们；澳大利亚洲曾经取缔英国无业游民入境；加拿大不准失业的英国人居留国内。每天成群结队的失业工人在街上列队示威，他们没有越轨的举动，负责地方治安秩序的当局们，对他们也是无可奈何。

伦敦的地下层

我在伦敦做客一星期，除了天天吃油煎鱼、辣酱油、下午茶；在街头散步，游览名胜之外，我只认识了这世界第一大都会的外观轮廓，却没有发现伦敦黑暗内幕。一天，我的游伴对我说："要参观伦敦的下层生活，很困难，我介绍你一个深熟个中情形的新闻记者吧。"

我便跟了那个新闻记者，到黑暗的街道区。打算猎寻新奇妖异的事情。那天不巧得很，是星期六，在那些使人可疑的神秘场所，推进了一家"温暖客栈"，里面阒无一人，老板娘和旅客们都出外看电影去了。我真没有运气，不能一享眼福。因为那个记者附耳告诉我这几句不清不楚的说话：

"这里有一个姑娘，每天清晨二点钟来……白绸袍，红玫瑰鞋，象牙手钏……三点钟后，她醉得人事不知……脱卸衣袍……肚上乳上肩上，都灌着酒……"

那些妨碍风化的场所，不一定开设在冷僻黑暗的街区。即在热闹繁盛街市中心，也有不少挂着按摩修指，教授跳舞，女看护等招牌，而私下专营某种副业的。某天我进到一家很可怀疑的修指所去，先把手爪修成尖形；又跑到第二家，把手爪剪短；在半天中，跑了五六家，最后把十个指甲都剪完了，可是结果，毫没有什么特殊的奇迹发生。

夜总会之类

在英国，到处是俱乐部与总会：城市是总会，海陆军营是总会，法院是总会。一切总会中规模最大的，那便是大不列颠帝国。

在伦敦沙孚一区，有许多餐馆，专在白昼出租"特别房间"，雇用娈童侍女，招待宾客。此外，还有一家秘密的轮盘赌场，一家鸦片烟馆，（三年前有两家）还有一家猥亵电影院（活动春画馆），英国是禁娼的国家，自然这种场所都不能绝对的公开，外国旅客，非有游伴，是不容易问津的。

今日在沙孚区，中等夜总会遍地林立，在"婆汉迷"夜总会中，酒是很恶劣，但是有女人做伴，在那里极少看见白领巾，可以拼命狂饮，其中有打破阶级观念的大家子弟，不出名的电影优伶，秘密结婚过的男人；年老的绅士先生，抱着他的女书记跳舞，仆童头目穿了一身簇新辉煌的制服，可是，他忘记把胡子刮干净，站在那里看得出神忘形。

在欧洲大战以前，伦敦最著名的夜总会是"梅兰"；大战期中，则为"荷花"与"四百"两家；其后有"德罗加代罗"（牛津大学学生聚会之所）、"大使馆""巴黎咖啡""沙荷爱"等相继而起，都是非常富丽的夜总会。

　　在夜总会中，警察们是绝迹不到的，可以痛饮狂舞，一直到天亮。而且常有"特别余兴"的节目和"神秘的行乐"，从半夜起，到清晨五点为止。

游欧猎奇印象

134

伦敦的街头风景

伦敦的道路，不能引到外国旅客们的注意。大半都是狭窄的污秽的石子路，你们要知道伦敦街道的情形，在上下写字间的时间，不妨到上海四川路去看一眼。那些薪给人员们的仓皇来往和车辆的拥挤，活像是伦敦的缩影。在马路上散步，考察国家的文化，这是拉丁民族的风度。你要认识巴黎的灵魂与秘密，可以在巴黎的林荫大道去观察。英国人的文化，是闭藏在家里的，街头并无任何的表现。

在浓雾的天气，有时伸手不见五指，车辆常有相冲的危险：虽则彼此都装有强烈的灯炬，在十步之外，非鸣揿喇叭钟铃，是瞧不见对方的车身。所以在浓雾的时日，单是伦敦市街的警钟和喇叭吼声，已经足以威胁你回到家里去静坐了。

只有沿泰晤士河畔的一条林荫大道，道旁栽植几株青葱的树木，还有两座新兴的立方形的摩天建筑物，可以供外国旅客们的瞻仰。其余的，都是灰色的古旧的房屋，令人发生疲倦的不快感觉。

清晨的太阳光，在伦敦是很可珍贵的，因为，往往不到半天，太阳像昙花一现便消逝了。继阳光而来的，不是雨水，便是浓雾。

雾之国伦敦

135

几座有名的建筑

　　高跨泰晤士河南北两岸的伦敦塔桥，这多么崇高壮丽的建筑，不愧称为"伦敦的门户"。桥梁分上下两层：走上层时，先须拾级登塔，可以俯瞰伦敦全市。下层则可供行人车辆的通行。如有高大的轮舶须经塔桥，管桥人便先鸣警铃，警告行人车辆退避桥梁两端，眼见桥梁中央，裂开一条隙痕，铁板向塔边高举起来，等船舶安然经过以后，铁板吊下恢复原状，行人车辆继续他们前进的路程。

　　峙立在伦敦塔桥堍的那座灰白色的古堡，已经有几百年的历史了。这一座被称为"伦敦塔"的建筑，最初原是一个炮垒，旋改为皇宫，次改为宝库，后又改为牢狱。到了今日，则变成宝藏展览馆，无论何人，都可以进去参观，其中贮有皇室珍宝，及武器甲胄甚多，颇有可观。

　　在白色古堡外有一个荒园，园中设一木砧，是处决最大罪犯的地方，在那里被处决斩头的，大半是历史上有名的人物。

　　在伦敦无论哪个方向，都可以看见那座韦斯敏斯德教堂的双峙钟、楼。这座"西方的陵堂"，是英国历代名人的国葬葬地。其中有帝王、后妃、王子、学者、律师、诗人、外交家、钟表匠、工程师、银行家、欧战无名战士等的坟墓。在诗人墓的一隅，萧瑟、彭琼孙、戴尼生、白鲁宁、华德华绥、哈代等的遗骸，都葬在那里；我摩挲了许多碑碣，独不见那个无神主义的拜伦的名字。

韦斯敏斯德陵堂中，最足以使人堕入幻觉的地方，是陈列元首蜡像的小教堂，这个蜡人馆，是往往不为旅客们注意的。各个蜡像，都穿着不同时代的衣饰，眉须毕露，栩栩如生。其中最生动的，是女皇伊丽莎白，她睁着一双黄色的恐怖眼睛。向你，咬紧着悭吝的嘴唇不作一语。她满身披戴珠玉宝石，活像是中国的慈禧太后一样。

英国太子乔治和希腊公主的修甲姻缘，曾引为一时的美谈。这一对王子公主，去年便在这座教堂中举行嘉礼。当我参观韦斯敏斯德陵堂时，去举行结婚典礼尚有一月，教堂四周商店中，已挂满出售他们俩倩影的照片。每天报纸上，天天刊登礼堂的照片。这座葬着英国历代名人的陵堂，同时也是举行隆重大典的地方，当今英皇乔治第五举行加冕礼时，也在这里践登宝位，那座宝位，是从苏格兰搬来的石头做成的，据说历代的苏格兰王都在这石上加冕，因此苏格兰把这石当作圣石，这宝座，从此也就变成英苏两国合并为一的象征。

在陵堂后面，便是那座巍峨的国会建筑，前临泰晤士河，及韦斯敏斯德桥。旧址原为皇宫，百年前毁于火，一八四〇年，改建为国会。那座高塔上的大自鸣钟，是全世界校正时间的标准钟。

中国人在伦敦

　　侨居伦敦的中国人，大半是留学生。留学外国的中国学生，比较以伦敦的学风为最好。留学生，分得学位的和不得学位的两种。

　　伦敦生活程度，不一定比巴黎来得高，最清苦的学生每月花四镑（合华币市价六十元），也可以勉强敷衍过去；至于庚款或官费生，每月即使花五六十镑，也未见得阔绰富丽，不过在饮食起居方面，比较舒适些罢了。

　　在伦敦可以吃中国饭，设有中国餐馆六七家，都由广东人主持，其中最讲究的为"新探花楼"，仿佛巴黎的"万花楼"。还有一家中等的广东酒楼，价廉而又物美，老板是华侨，老板娘是英国人。

　　在留学生中，最爱旅行的，是前"生活"编辑邹韬奋。此外，还有新闻报记者顾执中，也作客伦敦，他携夫人同行，住中华协会附近，去年顾夫人新添了一个小孩子。

　　我在伦敦住了一星期，承洪传经热心导游。洪君说："英京的中国留学生，平日都很用功，名誉也好。绝少涉足舞场妓馆。而且，伦敦的女人，不大喜欢和黄色人亲近，她们反愿和印度黑人来往。"洪君留学法比两国多年，去年改入伦敦大学。他虽不是一个"伦敦通"，但却可以算是留学生中的交际家。

我在伦敦为时匆促，走马看花，不及详细考察这第一大都会的外表内相，深引为憾事。这里所写的，只限于私人猎奇的趣味。

　　伦敦给我最好的印象，便是在我客居时期，没有碰着过阴雾的天气。伦敦为了浓雾而使旅客们感到不快。我则久慕雾国的名字，但到了雾国，却没有看到浓雾，虽不免有些失望，但是亦一痛快事也。

　　伦敦虽然是一个出名犯罪都会。但是，没有一个伦敦人在我身上犯过罪。我自己，也没有犯过一件罪恶。我耳闻目睹的伦敦，却并不像是从前我想象中的那个伦敦。

不正经的旅馆

"先生，很抱歉，我们没有一个空房可以出租了。"

我从伦敦维多利车站出来，在车站附近一带找寻旅馆时，旅馆中的司事，都给我这样一个失望的回答。我也并不多言固请，装着藐视的神情，携了行李箱走到路上，正在左右彷徨的时候，有一个人走近我的身边来。

"先生要一间'单人'房间吗？"

我点一点头，他执礼甚恭地接下说：

"那么，请走得远一些吧，在马纳旅馆那里，一定可以寄宿的。"

我谢了他一声，手掌里泻了一个便士给他，依照他指定的方向走去。马纳旅馆和滑尔登旅馆，都是小旅馆，虽则狭小，但是我想终容得下我这一个单身孤客，我跨进小门槛时，碰见一个绅士装的司账，交涉的结果，仍使我失望，在他小旅馆里，据说也没有余房可租了。

我开始忧虑起来，难道我今夜要在泰晤士桥下去过夜吗？我几乎有些后悔，我的旅行方针未免太富于冒险了。我这次出游，原是抱着个人猎寻新奇事物的宗旨，所以喜欢个人行动，不知道踏入这世界第一个大都会时，竟连寄宿的地方都找不到。

我正待走出旅馆，那个绅士装的司账，忽叫我回去问道：

"你是不是有人介绍你来定房间的吗？"

我心里充满希望答道：

"不，我刚才初到伦敦。"

"你是中国人吗？"

"不错，我从上海来的。"

"在这个时期，是旅行的季节，要找旅馆住是很困难的，我可以领你到一家意大利人家去，那里或者可以满足你的要求。"

我们一同走到麒麟街上，我看见人行街道的右边，有两家旅馆。

"是不是就在这里？"

他涨红了脸，摇着头说：

"我会领你到那样的地方去吗？不，绝不可能，你当我是什么人？我能干这样的事吗？"

我不禁起了好奇心，便诘问他道：

"为什么你看轻这几家旅馆呢？"

"这些都不是正经的地方吓！"

"什么意思呢？"

"就是说，这些都是不营正业的旅馆，他们并不欢迎正当的外方旅客。他们所接收的主顾，都是只租一刻钟，半小时，或一小时的……"

"啊！原来如此，我明白了。"

旅馆中的秘密

那个马纳旅馆绅士装的司账，很感慨地对我说：

"在伦敦地方有两种旅馆，一种是正经的，一种是不正经的。我们经营正当旅馆生意的，常常要求当局严厉取缔那些伤风败俗的小旅馆，他们是英国京城中的羞耻，大不列颠国旅馆业中的败类。我们曾经得当局的协助，封闭了几家。但是仍旧有许多的旅馆，在干着不正当的营业，这样的旅馆，在伦敦为数实在太多了。"

我们走进到一家地处麒麟街和华好尔桥路转角的旅馆中去。旅馆中司事，因为看见有他的同业引领介绍，才答应在账房中临时设一床铺。但是有一个附带条件，就是要我等到半夜后才能上床，第二天早上七时前即须起身。

"好吧，就这样吧。不过在我付房金以前，我再到外面去找找机会，如果过了半夜我不回来，你们可以闭户高睡，不用再在账房中放临时床铺了。"

我谢了两家旅馆的司事，等到马纳旅馆的账房走出了华好尔桥路以后，我一个人，仍旧走向麒麟街去。不瞒诸君说，那时我转着一个念头，就想设法到那些所谓不正经的旅馆中借宿一夜，为实现我的猎奇计划，便想实地调查英国旅馆中的秘密。

这些在麒麟街上的旅馆，一共有三家，牌号是维多利旅馆、卡翁旅馆和佛郎西亚旅馆，我决定了踏进其中一家，请读者原谅我不把那家旅馆宣布出来。

看门的人，朝我望了一眼，也不待我说一句话，便招喊一个女茶房过来：

"玛丽，领客人到三十七号房间。"

他旋过头来问我道：

"女客人是不是立刻就来？"

"哪一个女客人？"

"咦……是那个关照你到这里来的女人呵！"

"没有什么女人关照我呵！我要在这里住几天，我是一个单身孤客。"

他睁大眼睛，朝我望着，露出惊奇的神情：

"你要在这里住几天吗？"

"可以不可以呢？"

他露出迟疑不决的样子，向那个女茶房望了一眼，她很神秘地笑了一笑。他便对我道：

"先生，我请你原谅……我以为你只要在这里'休息'片刻……若使你要住几天，那么费心得很，请你填写旅客表吧。"

在一个破抽屉里，翻了半天，他好不容易取出一张半旧黄色的印刷纸单，叫我填上了姓名、年龄、国籍、职业、来路和去踪。

神秘的女茶房

　　我跟着女茶房到楼上去，在楼梯中碰见一个涂粉抹脂的年轻女人，她望着女茶房手里提的我的行李箱，露出一种惊奇的神情。她们俩叽里咕噜交换说着我听不懂的英国话。她们或者说的是 Slang 切口术语。女茶房只作神秘的微笑，而那个妖形怪状的女人，却哧哧笑个不停。

　　到了我的卧房，天呵！这难道可以算是一间卧房吗？一间狭窄的长形小房，一只盖着红被的床榻，一只椅子，一张小梳妆台上面放着一只污秽不堪令人怀疑的瓷盆，一只玻璃水缸，房中所有的陈设，都尽于此了。没有桌子，也没有衣柜。墙壁上钉了一只衣钩，两张不堪入目的画架。屋内只有一扇窗，一扇嵌入壁框内的窗子，可以望见麒麟街。

　　自然，这样的一家小旅馆，怎样可以叫一个旅客安身呢？但是，我到伦敦来的目的，不是猎奇吗？那么，只好硬了头皮便住下了。

　　玛丽女茶房老是神秘地微笑，对我说："我去拿手巾来。"不久她果然拿了两块抹布进来。

　　她把抹布折放在瓷盆旁，做出要出去的样子，忽然旋转身来很温柔地扶着我的臂膀：

　　"若使今夜你需要一个女人，请你先给我一次运气。过了半夜，我是自由的……我来一次，八先令够了。若使是一夜，双倍计算。"

这一个突如其来的袭击，使我茫然若失。我正待想出话来拒绝她，她又笑嘻嘻地说：

"其他的人还要贵得多哩！"

我不及回答，挥手叫她出去。把房门关上了，从行李箱中拿出睡衣、木梳、拖鞋、牙刷、牙膏及一切应用的物品，房间狭得没有空地可以放箱子，我像摆设货摊一般把箱子物件都放在我的床上。

等到整理好物件，因我旅途困乏得急于大睡。揭开红色的被头。啊吓！床上空空如也连被单都没有。我觉得那太滑稽了。心中愤愤地找电铃，还好，电铃是给我找到了，便揿铃叫人上来。

玛丽重新出现了，她这一次已经抹涂了很厚的脂粉，衣服也更换过了。她老是神秘地微笑着。她一看见房中的情形，她已经知道我召唤她的原因了。

"啊！对不起得很，她似乎有些不自然的表情，我没有想到……因为这里的习惯，你知道不知道？是用不到铺放被单的吓！……反正被单有什么用处呢？"

到伦敦的第一夜，我是非常不安心地住宿在这样的一家旅馆中。

葛林公园中的恋人

逃出了伦敦恶劣的小旅馆，我到"秃罗加代罗"去吃饭，那是在维多利亚车站附近一家很讲究的地下饭馆。那时正是上午八点钟。

伦敦街道上，行人车辆拥挤不堪，使人想到上海的四川路上写字间的情景。我冒了生命的危险，好不容易穿过马路，踏着安全地带的白线——在伦敦热闹街道，到处都有人行及车行的白线，车人偶一疏忽走错了路，便有被罚钱的可能——走到人行道上。

虽则在早上，人行道上已经有两个私娼在那里，看见我狼狈的情形，过来向我表示殷勤。我并不去理会她们的游词，从容不迫地一路散步，从 Grosvenor Place 一直到 Hyde Park Corner，我走进"葛林公园"中去。在青茸茸的草地上，已经有许多游人在那里了，青年的伦敦男女们，都在人群堆中表示狎昵的姿态。

从公园的一端到尽端。都是成双紧抱的情侣。"葛林公园"和她的芳邻"圣杰母士公园"，都是世界第一大都会中小情人的幽会胜地。那里是女打字员，邂逅她的"甜心"城中银行小职员的地方，是伦敦女店员业余游息的乐园。这些天真无邪的人们，从黄昏谈情到夜上十时公园闭门的时间，他们可以毫无顾忌地吻抱，绝不会引起旁人或好事者的注意。他们狎昵的表示，至多是很感伤地拥抱接吻，没有更进一步的动作。"葛林公园"关门的时间太早了，使许多怨女痴男不能享受其他特殊的利益。

"葛林公园"只能算是 Hyde Park 的一个庭园，至于 Hyde 公园是全夜开放的，许多情侣感到感伤性的吻抱不能满足时，他们可以全夜留在园中隐密的地方，一直守夜到第二天的清晨。

凡是到"葛林公园"和"圣杰母士公园"的游客，他们大半是在关门以前很知趣地回到他们的家里。我所要猎奇的目的人物，在这两公园中，是无法发现的。

天晚了，我走出"葛林公园"，在 Piccadi 旁的娼妓，多至不可胜数。一个男人独自散步，走不到十步的距离，便有一个私娼向你低声勾引。因为英国是一个禁娼的国家，她们不得不采用这种方法。

在初到伦敦的人，对于良家妇女和私娼是不易加以鉴别的，她们都穿得和良家妇女一样。我眼见一个绅士装的男人碰着一个像贵族小姐的少女，他们都像相识者，少女很有礼貌地似乎在打听关于那位绅士太太的近况。

十分钟后，他们分手了。那一位绅士高举他的高顶礼帽，向少女鞠一躬，仍旧走他的路。

不料那个贵族小姐，挨近我的身旁，柔声软气对我道：

"你肯跟我一同去吗？亲爱的。"

娼妓与乞丐

在伦敦街头，每夜从八时起到半夜止，是娼妓们动员操习的时候。在每个车站的附近，在毕加电力场，在摄政王街，在烧焦十字街，到处可以看见这些"可怜虫"。

除了"可怜虫"以外，还有什么别的名词可以称呼这些出卖肉体换取面包的女人呢？在英国首都中，穷人多得很。只要到下层的街区去走一次，便可以发见许多悲怛的景象。在污秽的街巷里，破旧的屋子前，成群的衣衫褴褛骨瘦如柴的孩子们在拾碎石子作戏——在这个年龄，穷人的孩子们也需要游戏的吓！——有几家户子打开着窗，可以望见内部的惨状，破坏的墙壁，残疾的器具，不知有多少号称世上第一富强国家的人民，是在那里生长起来的。

在陌巷阴沟中，蹲伏着许多嬉戏的男童女孩，我想到这些小孩子的未来运命……她们，将去当娼妓……他们，不做流氓便做乞丐。……

在世界各大都市中，乞丐术的精明，恐怕没有其他的城市再超出伦敦以上的了。伦敦真是一个"叫化院"（Cour de Miracles），在那里伸手讨钱的方法是经过技巧的训练的，至于假装残废和假瞎眼等，都是不足为奇的。

在维多利亚车站旁边，我看见过一个倨傲的老人，身上挂着这一方牌子：

"大不幸，我快要变成瞎子了，没有希望了。"

我可以对你们赌咒在我到了伦敦以后，第一次看见这样一个目光锐利，眼神明朗的亮瞎子！

在伦敦街上，每走一步路，便有一个小孩来兜卖东西，不是卖鞋带，便是卖火柴（在比国的卖火柴者，是成为乞丐的一种职业，往往还兼做私家侦探），把那些小东西，用乞怜的话说，要你出钱救济他。

十字街口，到处有流浪的音乐师，拉手风琴，打鼓，吹喇叭，唱歌，这些有一技之长的失业者，用尽方法想哀求人们的布施。

沿泰晤士河畔的外滩，许多"画匠"在人行道路面涂抹图画告地状，走路的人，如驻足欣赏片刻，那些失业的"画匠"，便要求你付一个小钱，做艺术的护法者。

此地的乞丐制度，几乎也变成了一种企业。在伦敦，难得看见求乞的女人，她们把这种屈辱让给了男人们，她们却愿意牺牲色相，甚至于利用她们的美色，不惜出卖肉身与灵魂，换取金钱，以维持一人或一家的生计。

这是伦敦男乞丐多于女乞丐的一种原因。

可疑的小酒店

在某一天半夜我在伦敦街头散步。走到滑登路，离开火车站五十米的地方，有一家酒吧间尚未收市。我便进去向柜台边一坐，吩咐酒保来一杯啤酒。

"要什么牌子的啤酒呢？"

我给酒保问住了，正在踌躇不决时，他已经接问下去：

"姜汁啤酒吗？"

"好吧。"

在英国是喝不到"上海啤酒"或"太阳啤酒"的，我最初几乎是举不出牌子来。还好，酒保既给我介绍了 Ginger Beer 便不妨一试。岂知那杯混浊的"姜汁啤酒"，上口时很甜，但一会儿便觉得口中发燥，像是吞下了一包火药，又像是服了硫酸盐一般。我第一次喝到这样恶劣的啤酒，也可以算是我最后一次尝试。

这家小酒店中的顾客，有几个脸容凶恶的男子，几个萎靡不振的青年和三个白发红鼻子的老妪，他们都在痛饮威士忌。

我观察这许多奇怪的酒客，不禁好奇心起，暗暗猜度，他们都是怎样的人物呢？

忽然从外面走进了一个年轻女人，啊！原来就是那天在街头我错认当作贵族小姐的她。她到这里来实行"拉夫"吗？不，她既不到我这边来，也没有去招呼那几个青年，奇怪！她走向一个醉醺醺的白发老妪那里。老妪嘴里叽咕几声，伸出手来向她。少女从手提袋中抓出一握先令，放在老妪手掌中。

那个丑陋的老妪，默不作声，数着掌中的先令。她把其中一部分钱数好了交给酒保，酒保换了一张半镑的钞票给她。

我自己几乎不能相信，我是亲眼看见这一回事。

两个女人，一老一少，她们吵嘴起来。若使我没有听错，那个老妪是在痛骂那位贵族小姐式的少女。看那少女的神色，似乎很疲倦，很困顿，做出要回家休息的样子。可是老妪却露出愤怒难看的脸色。

那时候已经过了半夜，在老妪那种倔强的威胁态度中，似乎表示时间还早的样子。年轻的女人终于屈服了，默默不语，毫无丝毫反抗的表情，只把肩架耸了一耸（这是英国女人模仿法国女人的优美表情），又向外走出去了。

姜汁啤酒起了作用，我的肚里像有一颗炸弹要爆裂开来一样，我狼狈地逃出了这一家可疑的小酒店。

刚跨出门口不远，我还听见那个老妪吩咐酒保再倒一杯威士忌的声音。

夜之裸女

在伦敦，看见了葛林公园中的恋人们，而不去海德公园偷觑那些露水野鸳鸯，似乎终觉得有点美中不足。虽则许多人善意地警告我，说是一到了黑夜，海德公园里常有暴徒打劫，单身一个人去夜游，是很危险的。可是畏怯的心情，终敌不住我的好奇心，我决定非去冒险一次不可。

在《伦敦时报》上，揭载海德公园发生暴徒劫取一个女人钱袋，事主受伤新闻的第二夜，我自己对自己说："若使一个作新闻记者的还要闻难而退，他能有什么新奇的事情可以记录呢？"这一夜我叫一部街车，便向海德公园驶去。

公园中电灯稀少，光线暗淡异常。我故意拣了一条幽僻的小路走，不到十步路，先有一个女性的黑影掠擦我的身体而过，接着有第二个，第三个影子……这些单身的女人们，在黑夜中到公园来干什么事呢？

长凳上坐着一个男人，他也是单身一个人老坐在那里干什么呢？

我走出小径，向草地上安逸地漫步。虽则眼前是一片空场，不见人迹，可是我感觉到在我的四周，似乎有一群神秘瞧不见的人物环绕着我。又仿佛隐约听见喘气，叹息，嗳嚅和低幽的笑声，真是咄咄怪事，那些声息似乎很远，但又像很近。那或许是我的神经过敏吧，否则我疑惑已踏进了幽灵的世界。

忽然一个呼声，打断我的沉想：

"海利！"

这是一个女性的声音，是从我身旁一丛灌木中发出来的。那声音明明是向我招呼的。

我停住脚步，侧耳细听。

"海利！"

我跳了一下，这一回，忽然变成了男性的声音，我不及躲避，丛木中忽然蹿出一个影子来，迎面射来一道亮光几乎使我睁不开眼睛来。

"Beg your pardon that's a mistake." 那是男人的声音，"我请你原谅，这是一个误会。"

那一只手电筒也立刻熄灭了。原来那个莽汉认错了人，把我当作他所期待的人……在这闪电一般的照射中，我看见在阴影中有两个女人和一个男人躺在地上，……若使不是我眼花，他们都好像没有穿整衣裳一样。

裸体运动的势力，难道已经侵入绅士君子国的国境吗？清教徒的英国人已经在黑夜的海德公园中，实行他们 Nudism 的信条了。

啊！我现在才明白，为什么人家警告我不要到海德公园来夜游的理由了。

野鸳鸯处处飞

我在那幽灵世界式的草坪上散步得疲乏了，便拣了一只椅子坐下，想把我紧张的神经休息一下。

一对男女走近我的身旁，这里放着许多椅子，他们各自拿了两只左右两手拖着椅子走开了。他们到哪里去呢？他们两个人为什么要拿四只椅子呢？我用好奇的眼光监视他们的行动，他们把四只椅子放在一株大树底下。

但是他们俩又重新过来搬椅子了，这一回又是拿四只。我愈加狐疑起来，为了要打破这个哑谜，我便起立轻步跟在他们后面想一看究竟。走到大树附近，我发现四只椅并行排列在一起，拼成一只长形椅子，他们又把第二回拖来的四只椅子，面对面拼放在一起，那便变成了一只床榻。

——多么奇怪呵！

那个男人把他的外套铺在椅子上，女人也依样葫芦。我明白了这是一对求舒服的露水野鸳鸯……他们并不等待我的离避，便翻身躺下去了……

我不愿做出不识相的事情，马上背着他们走开了。

于是我又走向狭小的草径，女人的影子老是徘徊不绝，这一群影子似乎都很熟识的，她们并不是到公园来散步的游客。她们到这里来究竟干什么事呢？为什么她们老是像幽灵一般出现而很神秘地默不作声呢？我便拣径旁一只长凳坐下，打算观察一下这公园夜中的秘密。

果然有一个影子停住了轻盈的脚步，坐到我的长凳上来了。其余的影子仍往来如梭。我的芳邻轻轻咳嗽一声，她立近我问道：

"（what do you want）你转什么念头呢？"

"（Nothing），毫无所有。"我半含吃惊，干脆地回答她。

她用踌躇的眼光注视我一下，便起立走开了。我真有些糊涂起来，那突如其来的诘问，当然使我有一些茫然，她像幽灵般地倏忽隐灭更使我莫名其妙，在海德公园中的人物，都是多么奇怪吓！

我的神经又起了紧张的效能了，一面充满着好奇的心理，另一面也抱着相当的恐惧。我被困于这个神秘的环境中，心头不免忐忑不安。

从身边掏出一支"绞盘牌"卷烟，点了火含在唇边向草径走去，以自壮胆。走到几丛灌木的隐僻地方，在我面前忽然又来了三个高大的黑影子。

心头扑扑跳个不停，我用力咬紧了齿间的卷烟。

女巡捕

"哈啰！叼光借一个火吧。"这一回是粗暴男人的声音。迎面来了三个带鸭舌帽子的大汉，生得一脸横肉，中间一个人先抢走到我的面前。

这是一种袭击的公式，我紧张的神经，反而冷静下来，我准备不抵抗而给这几个暴徒洗劫我的衣袋，以免饱受他们的老拳。因为我是一个东方人，或许西方君子国里的流氓会以礼貌待我。东方人是素来抱着"乖人不吃眼前亏"主义的，要图抵抗吧，我是寡不敌众，而且身边又没有自卫的武器。

一颗冷汗从额角淌下来，我的两只腿也发抖起来，我记不起那一夜身边带了多少的钱。我只私下希望我的旅行护照和备忘录不要落在他们的手中。

我伸出颤抖的手把卷烟授给那个大汉。但是，事情真是出乎意外，大汉忽然朝后退去，他那两个伙伴也学他的样子避开了。

我怔了片刻，旋转头来看见有两个女人，披了很长的外套戴着很古怪的制帽，疾步过来。最初我当她们是救世军的女传道士，但是等到她们走过我的身旁我便认清——或不如说我猜度——是两个 Policewomen（女巡捕）。在伦敦，这些女巡捕是专门管理关于女人风化问题案件的。

多谢天主，派来了两个女巡捕解了我的厄围。

我想不必把刚才所遇的险事报告她们，但是为了保持安全起见，我跟着她们前进，同时也基于好奇心。想去观察她们将做些什么工作。

有一个女人，瞥见了她们，急忙奔逃，像刚才三个大汉一般地避开，可是已经来不及了，两个女巡捕举动非常敏捷，她们穿的是平跟皮鞋，把那个女人抓住了，经过数分钟的低声谈判，那个女人很高兴地被放释了，两个女巡捕继续她们巡夜的职司。

我走过她们到前面，我们碰见许多的男人。她们连一正眼都不注视。好像只有女人是她们所注意的。

走近 Achill 像座前，在路径的尽端，一个年轻女人坐在黑影处的椅中，她看见女巡捕们便躲到像座的后面去，两个女巡捕并没有发觉那个鬼鬼祟祟的年轻女人。她们扬长地走过去了。

等到她们在另一条路上重新出现时，年轻的女人从像座后走出，重新在椅子上坐了下来，好像期待什么人似的守在那里。

这一切真正太是耐人寻味了。那时候已近上午一时，我走出"海德公园"，决定第二夜再来冒险游一次，预备揭破公园中一切的秘密。

下午茶

　　自从在伦敦不正经的小旅馆中，受罪了一夜后，我便托人设法，在正经的大旅馆中，定了一个单人房间。房金每天八先令，连上午的早餐一同算在里面，不另取资。

　　住在欧洲无论哪一个国家的旅馆，卧房中除了清水以外，并无其他的饮料。要喝一杯茶，一定要等到下午四时左右，才可以吩咐茶房——不，外国旅馆中侍役，从不给客人敬茶，应改称为仆欧——叫旅馆中的餐室准备"下午茶"。不消说得，在中国各大城旅馆中，旅客饮茶是应享权利之一，但在英国，——在意法比等国，还没中国茶可喝——是照例要另外开账。在中国喝惯"铁观音"香茗的朋友，花了一先令的代价，还只能喝到苦涩的锡兰红茶。

　　喝"下午茶"，是英国绅士们认为最风雅的一件韵事。我曾经应赴一个英国贵家小姐的约会，在她的私人会客室中，两人坐在一只盛放茶壶茶杯的小几前，我们一壁闲谈，一壁品茗，她谈的都是毫无痛痒的皮相话，可是她倒茶放糖的姿态，却是非常熟练而且优美。

　　我那天下午访问那位小姐的目的，是想探问一些关于英国闺秀的私生活，和征求她们对于婚姻恋爱一类的意见。结果，我是正襟危坐陪她喝了两小时的"下午茶"，我真觉得索然无味。

又有一次，是给某青年绅士邀约到他书斋中去喝"下午茶"；我们一面喝茶，一面随便谈天。但是我看见他敬茶时那副拘谨的礼貌，令人发生不痛快的感觉，虽则我们谈话的题材，东南西北，上下古今无所不谈，可是英国人处处抱着绅士的态度，终不能痛痛快快地自然畅谈。

英国人是世界上最怕羞的人。——在英国，裸体主义是提倡不成的——说到英国的少女们从不敢说到她的"腿"，她们只有脚：她们没有"肚皮"，而有的是胃……她坐在"床"口，不，一定要说她坐在……椅上，诸如此类，不胜一一枚举。

据许多朋友告诉我，请我喝"下午茶"的那个青年绅士，是有名的一个猎艳圣手，那天下午，我想从他口中刺探一些现代唐皇（Don Juan）、茄茶诺华（Casanova）（二人都是西洋文学作品中著名的猎艳家）的供状。结果，他说了一小时的假正经话，又使我大大地失望。

不过，终于仍旧给我发现了这个假正经青年绅士的隐私，原来在书斋中，虔藏许多豪华珍本，在羊皮装订的背脊上烫着金字的书名，都是非常触目的。

我还记得在那书架中的几种书名：《女人的迟钝及性的冷淡》《女人与情侣的情书》《青年必读性的智识》《性的烦闷的调剂》《性的心理学》……

我知道英国人是怕羞的，不愿揭破他的隐私，我于是很满意地喝着"下午茶"，始终维持着正经的谈话。

女鞋与男鞋

在伦敦大旅馆中住了一星期，每次深夜回来，看门人给卧房钥匙时，终是惊奇地问道：

"老是一个人独自回来？"

"老是如此，你不是看惯了吗？"

看他脸色真有一种难以形容的表情。在他看来，无疑的，我是一个东方古国奇怪的旅客……一个独身汉来住旅馆，从没有和他人往来，而且每天深更半夜回来，老是一个人，没有带过一个女人……在他看来，或者是一个奇迹，幸亏我是执有旅行护照的，而且经人介绍，否则也许他要当我是一个什么秘密的国际侦探。

为什么看门人常常喜欢用那样的口气探问我呢？我独身一人，或二人，和他有什么相干呢？我走经楼上甬道的时候，看见在每一间卧室门外，都是放着有旅客污秽的皮鞋——是预备仆役擦刷的——无意中我发现了一种秘密。

那些放在卧室门口的皮鞋堆里，往往都是并放着男鞋和女鞋各一双，也有两双都是女的，甚至于有一双男鞋和两双女鞋放在一起的，于是我又回忆到海德公园中所瞥见的那衣裳不齐整的二女一男来了。

我走进卧房，索性不把皮鞋放在门外了，披了睡衣，把电灯熄了，靠在窗口，倚览街头夜景。我一壁抽纸烟，一壁数着来来往往的路人，不到半小时，我已经能辨出谁是私娼，谁是嫖客来了。

这一般"可怜虫"和假正经的绅士们，都川流不息地在各家所谓正经的大旅馆门前出入，那是有一定的公式，女人先进旅馆，男人隔了数分钟后才跟进去，但是，不久，他们却又一先一后地走出来了，这一回，男人先走。

这许多怨女痴男，不能公然地携手并肩而行，到了旅馆里面难道也是像在外面那样的冷酷无情吗？啊！虚伪的人类吓！假正经的英国绅士淑女们吓！

街头马路转角，有一个女人正在和一个带着古罗马铜盔帽的巡捕搭讪，他们谈话谈得很亲密的样子。那时已近深夜二时，行人稀少，没有人去打扰他们的兴致，有时，那个女人暂时离开巡捕的岗位，去向另外一个行路人招呼，生意经不成，她又悄悄地回到巡捕那里，接续他们的亲密谈话。

我一个人倚靠在窗口，颇想一听那个女人和巡捕谈话的内容，要待下楼到街上去罢，反而恐怕倒要引起巡捕的疑心，受他铁面无情的责问。这种罕见的事情，居然会在禁娼国家的街头出演，那岂不是一个大哑谜吗？

这一夜虽住宿在正经的大旅馆中，但是又整个地一夜失眠。